다자이 오사무

인간실격

소와다리

太宰治

인간실격

서문

나는、그 남자의 사진을 세 장、본 적이 있다。

한 장은、그 남자의、어린 시절、이라고 해야 할까、열 살 전후로 추정되는 무렵의 사진인데、그 아이가 여러 여자들에게 둘러싸여、(그건 그 아이의 누나들、여동생들、그리고 사촌누이들일 것으로 상상된다) 정원 연못가에、굵은 줄무늬 하카마를 입고 서서、고개를 삼십 도 정도 왼쪽으로 기울이고 흉측하게 웃고 있는 사진이다。흉측하게? 하지만、무딘 사람들(요컨대、미추(美醜) 따위에 관심이 없는 사람들)이、이상할 것도 없다는 표정을 지으며、

『귀여운 도련님이군요』

하고 대충 입에 발린 소리를 하더라도 아주 빈말로 들릴 정도로, 이를테면, 세상 사람들이 말하는 「귀여운」 구석이 그 아이의 웃는 얼굴에 없는 것도 아니지만, 하지만, 약간이라도, 미추에 대한 훈련을 해온 사람이라면, 한눈에 바로,

『참, 기분 나쁜 아이구나』

하고 대단히 불쾌하다는 듯 중얼거리며, 송충이라도 털어낼 때의 손짓으로, 그 사진을 멀리 내던질지도 모르겠다.

정말이지, 그 아이의 웃는 얼굴은, 잘 보면 볼수록, 뭔지 모를, 묘한 섬뜩함이 느껴진다. 애당초, 그것은 웃는 얼굴이 아니다. 이 아이는, 절대 웃고 있는 게 아니다. 그 증거로는, 이 아이는, 두 주먹을 꽉 쥐고 서 있다. 사람은, 주먹을 꽉 쥐면서 웃을 수는 없는 법이다. 원숭이다. 원숭이가 웃는 얼굴이다. 그저, 얼굴에 흉측한 주름을 짓고 있을 뿐이다. 「쭈글쭈글 도련님」이라고 부르고 싶어질 정도로, 참으로 기묘한, 그리고 또한, 어딘가 기분 나쁜, 이상하게 사람을 불편하게 만드는

표정의 사진이었다. 나는 지금까지, 이런 이상한 표정을 짓는 아이를 본 적이, 한 번도 없었다.

두 번째 사진의 얼굴은, 이것은 또, 깜짝 놀랄 만큼 엄청나게 변모되어 있었다. 학생의 모습이다. 고등학교 시절의 사진인지, 대학교 시절의 사진인지, 확실하지 않지만, 아무튼 묘한 미모의 학생이다. 그러나, 이것도 또한, 이상하게도, 살아 있는 사람의 느낌이 들지 않았다. 학생복을 입고, 가슴팍의 주머니에 하얀 손수건을 내보이면서, 등나무 의자에 걸터앉아 다리를 꼬고, 그리고 또, 전과 같이, 웃고 있다. 이번 웃는 얼굴은, 쭈글쭈글한 원숭이가 웃는 얼굴이 아니라, 꽤 능숙하게 미소를 짓고는 있지만, 그러나, 사람의 웃음과, 어딘가 모르게 다르다. 피의 무게감, 이라고나 할까, 생명의 깊이감, 이라고나 할까, 그런 충실감은 조금도 없고, 그것이 마치 새도 아니고, 깃털처럼 가볍게, 그저 백지 한 장, 그렇게, 웃고 있다. 말하자면, 하나부터 열까지 만들어낸 것 같은 느낌이다. 거들먹거린다는 말로도 부족하다. 경박하다는 말로도 부족하다. 아니꼽다는 말로도 부족하다. 멋있다는 말로도, 물론 부족하다. 게다가, 잘 보고 있노라면, 역시나 이 미모의 학생에게도, 왠지 괴담과 연루된 으스스한 기운이 느껴지는 것이다. 나는 지금까지, 이런 이상한 미모의 청년을 본 적이, 한 번도 없었다.

또 한 장의 사진은, 가장 기괴하다. 그야말로 나이대를 전혀 짐작할 수가 없다. 머리는 약간 센 것 같다. 그게, 아주 지저분한 방(벽이 세 군데 정도 무너져 내린 것이, 그 사진에 분명하게 찍혀 있다) 한구석에서, 작은 화로에 두 손을 쬐면서, 이번에는 웃지 않는다. 어떤 표정도 없다. 이를테면, 앉아서 화로에 손을 쬐다가, 자연스럽게 죽은 것 같은, 참으로 께름칙한, 불길한 냄새를 풍기는 사진이었다. 기괴한 것은, 그것만이 아니다. 그 사진에는 비교적 얼굴이 크게 찍혀 있어서, 나는, 찬찬히 그 얼굴의 생김새를 살펴볼 수 있었으나, 이마는 평범, 이마의 주름도 평범, 눈썹도 평범, 눈도 평범, 코도 입도 턱도, 아아, 이 얼굴에는 표정이 없을 뿐

더러、인상조차 없다。특징이 없는 것이다。가령、내가 이 사진을 보고、눈을 감는다고 하자。이미 나는 이 얼굴을 잊어버렸다。방의 벽이나、작은 화로는 기억해낼 수 있겠지만、주인공의 얼굴 인상은、안개처럼 싹악 사라지고、도저히、아무리 해도 떠올릴 수가 없다。그림으로 그리기에 좋은 얼굴은 아니다。만화나 무엇으로도 그리기 좋은 얼굴이 아니다。눈을 뜬다。아、이런 얼굴이었던가、생각났다、하는 것 같은 반가움조차 없다。극단적인 말투를 쓰자면、눈을 뜨고 그 사진을 다시 보아도、떠올릴 수가 없다。그리고、그냥 조금 불쾌하고、짜증이 나서、나도 모르게 눈을 돌리고 싶어진다。

흔히 말하는 「죽을상」이라고 하는 것에도、뭔가 표정이라든가、인상이라든가 하는 것이 있는 법인데、사람 몸뚱이에 말의 대가리라도 붙였다면、이런 느낌일까、어쨌든 어디라고 할 것 없이、보는 이로 하여금、오싹하고、꺼림칙한 느낌이 들게 한다。나는 지금까지、이런 이상한 남자의 얼굴을 본 적이、역시나、한 번도 없었다。

첫 번째 수기

부끄러움 많은 생애를 보냈습니다.

저로서는, 인간의 삶이라는 것을, 가늠을 할 수가 없습니다. 저는 도호쿠(東北) 지역의 시골에서 태어났기 때문에, 기차를 처음 본 것은, 어지간히 나이를 먹고 나서였습니다. 저는 기차역 육교를, 오르락내리락하면서도, 그것이 선로를 건너다니기 위해 지은 것이라는 사실은 전혀 모른 채, 단지 그것은 기차역 안에 외국 유원지 같은, 설비를 갖추어 놓았을 뿐이라고만 생각했습니다. 더구나, 꽤 오랫동안 그렇게 생각하고 있었던 것입니다. 육교를 오르내리는 일은, 제게는 차라리, 세련된 유희이고, 그것은 철도 서비스 중에서도, 가장 멋진 서비스 중 하나라고 생각했는데,

나중에 그것이 그저 승객이 선로를 건너다니기 위한 대단히 실용적인 계단에 지나지 않음을 깨닫고, 한 순간에 흥이 깨졌습니다.

또, 저는 어린 시절, 그림책에서 지하철이라는 것을 보고, 이것도 역시, 실리적인 필요 때문에 만들어낸 것이 아니라, 지상보다는, 지하를 달리는 기차에 타는 편이 더 재미있는 놀이 같으니까, 라고만 생각했습니다.

저는 어릴 때부터 병약하여, 자주 앓아누웠고, 누워 있는 동안, 요 홑청, 베갯잇, 이불 홑청을, 정말이지, 쓸모없는 장식이라고 생각했는데, 그것이 의외로 실용적인 물건이라는 것을, 스무 살 가까이 되어 깨닫고는, 인간의 살벌함에 암담하고, 애처로운 마음이 들었습니다.

또, 저는 배고픔이라는 것을 알지 못했습니다. 아니, 그것은, 제가 의식주에 어려움이 없는 집안에서 자랐다는 뜻이 아니라, 그런 바보 같은 의미가 아니라, 저는 「공복」이라는 감각이 어떤 것인지, 전혀 몰랐던 것입니다. 이상한 말이지만, 배가 고파도, 스스로 그것을 깨닫지 못했습니다。 소학교, 중학교 시절, 제가 학교에서 돌아오면, 주변 사람들이, 그래, 배고프겠다, 나도 그랬어, 학교에서 돌아오면 배가 너무 고팠다니까, 꿀콩 줄까? 카스텔라도 있고 빵도 있어, 라는 둥 하면서, 법석을 떨기에, 저는 타고난 아부 정신을 발휘하여, 배고파, 하고 중얼거리며, 꿀콩을 열 알쯤 입에 쑤셔 넣었지만, 공복감이란 무엇인지, 조금도 알지 못했던 것입니다。

저도, 물론, 잘 먹기는 하지만, 그러나 공복감 때문에, 먹은 기억은, 거의 없습니다。 희한하다고 생각하는 것을 먹습니다。 호화롭다고 생각하는 것을 먹습니다。 또, 남의 집에 갔을 때 나온 것도, 억지로라도, 대부분 먹습니다。 그리고, 어린 시절 저에게, 가장 고통스러웠던 순간은, 사실, 우리 집 식사 시간이었습니다。

저희 시골집에서는, 열 명 남짓한 식구들이 전부, 각각 밥상을 두 줄로 마주 놓고, 막내인 저는, 물론 제일 끝자리였지만, 그 식사하는 방은 어두컴컴하고, 점심 식사 때, 열댓 명 가족이, 그저 묵묵히 밥을 먹고 있는 모습에는, 저는 언제나 이스스함을 느꼈습니다. 게다가 고지식한 가풍의 시골집이라, 반찬도, 대개 정해져 있었고, 진귀한 음식, 호화로운 음식, 그런 것은 바랄 수도 없었기에, 점점 저는 식사 시간을 두려워했습니다. 저는 그 어두컴컴한 방 맨 끝자리에, 추위에 오들오들 떠는 심정으로 밥을 조금씩 입으로 가져가, 밀어 넣으면서, 인간은, 어째서 하루에 세 끼를 꼬박꼬박 먹는 걸까, 진짜 다들 엄숙한 얼굴을 하고 먹고 있구나, 이것도 일종의 의식 같은 것으로, 가족이 하루 세 번 꼬박꼬박, 시간을 정해서 어두컴컴한 방 한 칸에 모여, 밥상을 질서정연하게 늘어놓고, 먹기 싫어도 말없이 밥을 씹으며, 고개를 숙이고, 온 집안을 떠도는 혼령들에게 기도하기 위해서 먹는 것일지도 모르겠구나, 하는 생각까지 한 적도 있을 정도였습니다.

밥을 먹지 않으면 죽는다, 라는 말은, 제 귀에는, 기분 나쁜 협박으로밖에 들리지 않았습니다. 그 미신은, (지금도 제게는, 왠지 미신처럼 생각됨을 어쩔 수 없지만) 그러나, 항상 저에게 불안과 공포를 안겨주었습니다. 사람은, 밥을 먹지 않으면 죽기 때문에, 그래서 일하고, 밥을 먹어야 한다, 라는 말만큼, 제게 있어 어렵고 복잡하고, 그리고 협박조로 들리는 말은, 없었습니다.

말하자면 저는, 인간의 삶이라는 것에 대해 아직 아무것도 모른다, 라고 할 수 있겠습니다. 제가 가진 행복에 대한 관념과, 세상 모든 사람들의 행복에 대한 관념이, 완전히 어긋나 있는 것 같은 불안, 저는 그 불안 때문에 밤이면 밤마다, 뒤척이고, 신음하다가, 미치기 직전까지 갔던 적도 있습니다. 저는 과연 행복한 걸까요? 저는 어렸을 때부터, 자주자주, 행복한 놈이라는 말을 다른 사람들에게 들어왔습니다만, 저는 항상 지옥 같았고, 오히려, 저를 행복한 놈이라고 했던 사람들이, 비교고 뭐고 안 될 만큼 훨씬 안락한 것처럼 보였습니다.

저에게, 재앙 덩어리가 열 개 있는데, 그 가운데 하나라도, 주변 사람이 떠맡는다면, 그 하나로도 충분히 그 사람의 목숨을 앗아갈 수 있지 않을까, 하는 생각까지 한 적도 있었습니다.

결론적으로, 모르겠습니다. 주변 사람의 괴로움의 성질, 정도가, 도무지 짐작이 가질 않습니다. 현실적인 괴로움은, 그저 밥만 먹을 수 있다면 그걸로 해결될 수 있는 괴로움은, 그러나 그것이야말로 가장 강력한 고통이며, 나의 그 열 개의 재앙 따위, 바람에 날아갈 정도로, 처참한 아비지옥일지도 모른다, 그것은, 잘은 모르겠지만, 하지만, 그런 것 치고는, 용케 자살도 않고, 미치지도 않고, 정치를 논하고, 절망도 않고, 굴복도 않고 삶과의 싸움을 이어갈 수 있기에, 사실은 괴롭지 않은 게 아닐까? 완전히 이기주의자가 되어, 게다가 그것을 당연한 일이라 확신하고, 한 번도 자신을 의심한 적 없는 게 아닐까? 그렇다면, 마음 편하다, 하지만, 인간이라는 것은, 모두 그런 것이고, 또 그걸로 만점은 아닐까, 모르겠다……, 밤에는 푹 잘 수 있고, 아침에는 상쾌할까? 어떤 꿈을 꾸고 있을까, 길을 걸으면서 무엇을 생각하고 있을까, 돈? 설마, 그것만은 아니겠지, 사람은, 밥을 먹기 위해

사는 것이다, 라는 말은 들어본 적이 있는 것 같은데, 돈을 위해 산다, 라는 말은, 들어본 적이 없다, 아니, 하지만, 때에 따라서……, 아니, 그것도 모르겠다……, 생각하면 생각할수록, 저로서는 도통 알 수가 없고, 저 혼자 완전히 이상해진 것 같은, 불안과 공포에 사로잡힐 뿐입니다. 저는 주변 사람과, 거의 이야기를 하지 못합니다. 무엇을, 어떻게 말해야 할지, 모르겠습니다.

그래서 생각해낸 것은, 광대짓이었습니다.

그것은, 저의, 인간을 향한 마지막 구애였습니다. 저는 사람을 극도로 두려워하면서, 그럼에도 불구하고, 사람을, 아무리 해도, 단념할 수가 없었던 것 같습니다. 그리하여 저는, 이 광대짓이라는 한 가닥 끈으로 사람과 간신히 이어질 수 있었습니다. 겉으로는, 늘 웃는 표정을 지으면서도, 내심은 필사적인, 그야말로 천번에 한 번 성공할까 말까 한 위기일발의, 진땀나는 서비스였습니다.

저는 어렸을 때부터, 저희 식구들에 대해서조차, 그들이 얼마나 괴롭고, 또 무엇을 생각하며 살고 있는지, 조금도, 전혀, 짐작할 수 없었고, 단지 겁이 나서, 거북함을 견딜 수가 없어서, 이미 광대짓에 능수능란해졌습니다. 다시 말해, 저는 어느 틈엔가, 한마디도 진심을 말하지 않는 아이가 되어 있었던 것입니다.

그 무렵에, 가족들과 함께 찍은 사진 같은 걸 보면, 다른 사람들은 모두 진지한 얼굴을 하고 있는데, 저 혼자, 꼭 기묘하게 얼굴을 찡그리며 웃고 있는 겁니다. 이 또한, 저의 유치하고 애처로운 광대짓의 일종이었습니다.

그리고 저는, 가족들에게 뭔가 꾸지람을 들어도, 말대답을 한 적이 한 번도 없었습니다. 그 별것 아닌 꾸지람은, 저에게는 날벼락처럼 크게 들려, 미칠 지경이라서, 말대답은커녕, 그 꾸지람이야말로, 이른바 자손만대로 전해질 인간 세상의 「진리」 같은 것임에 틀림이 없다, 저에게는 그 진리를 행할 힘이 없으므로, 이제는 사람과 함께 살 수 없는 게 아닐까, 그렇게 믿어버리게 된 것입니다. 그래서 저는 언쟁이나 자기변명도 할 수가 없었습니다. 남들이 욕을 하면, 정말이지, 그게,

제가 엄청난 잘못을 하고 있는 듯한 기분이 들어서, 언제나 그 공격을 말없이 받으면서, 속으로, 미칠 만큼 공포를 느꼈습니다.

그거야 물론 누구든지, 다른 사람에게 비난을 받거나, 야단을 맞고 기분 좋은 사람은 없을지도 모릅니다만, 저는 화를 내고 있는 사람 얼굴에서, 사자보다도 악어보다도 용보다도, 훨씬 무시무시한 동물의 본성을 봅니다. 평소에는 그 본성을 감추고 있는 것 같지만, 어떤 기회에, 예를 들어, 소가 초원에서 느긋한 모양새로 잠을 자다가도, 돌연, 꼬리로 찰싹 하고 배에 붙은 등에를 쳐 죽이는 것처럼, 느닷없이 인간의 무시무시한 정체가, 분노로 인해, 폭로되는 모습을 보면, 저는 언제나 머리털이 곤두설 정도로 전율을 느끼고, 이 본성도 또한 사람이 살아가기 위해 필요한 자격 중 하나일지도 모른다는 생각이 들면, 거의 저 자신에게 절망감을 느꼈습니다.

사람에 대해서, 늘 공포에 벌벌 떨고, 또, 인간으로서의 제 언행에, 먼지만큼도 자신을 갖지 못하고、그리하여 저 혼자만의 고뇌는 가슴속 작은 상자에 숨기고、그 우울、신경과민을、꼭꼭 감추고、그저 천진한 낙천성을 가장하여、저는 익살스러운 괴짜로、점차 완성되어 갔습니다。

뭐든 상관없으니、웃기기만 하면 된다、그러면、사람들은、제가 그들의 소위「삶」밖에 있어도、그걸 그다지 신경 쓰지 않는 게 아닐까、어쨌든 저 인간들의 눈에 거슬려서는 안 돼、나는 무(無)다、바람이다、허공이다、이런 생각만 쌓여서、저는 광대짓으로 가족을 웃기고、또、가족보다도、더 이해할 수 없고 무서운 머슴과 하녀들에게까지、필사적인 광대짓 서비스를 했던 것입니다。

저는 여름에、유카타[1] 속에 빨간 스웨터를 입고 복도를 돌아다녀、온 식구들을 웃겼습니다。좀처럼 웃지 않는 큰형님도、그걸 보고 웃음을 터뜨리며、

『야、요조[2]、안 어울려』

하고、귀여워 죽겠다는 투로 말했습니다。무슨、저도、한여름에 털 스웨터를 입고 돌아다닐 정도로, 아무려면, 그런, 덥고 추운 것도 분간 못 하는 괴짜는 아닙니다. 누나의 발토시를 양팔에 끼우고 유카타 소매 밖으로 보이게 해서, 그렇게 스웨터를 입은 것처럼 보이도록 했던 것입니다.

저희 아버지께서는, 도쿄에 볼일이 많은 분이셔서, 우에노(上野)의 사쿠라기초(桜木町)에 별장을 가지고 계셨고, 한 달 중 대부분은 도쿄의 그 별장에서 지내셨습니다. 그리고 집에 오실 때는 가족들, 또 친척들에게까지, 실로 엄청난 양의 선물을 사 오시는 것이, 뭐, 아버지의 취미 같은 것이었습니다.

언젠가 아버지께서 도쿄로 올라가시기 전날 밤, 아버지는 아이들을 응접실에 모아놓고, 이번에 돌아올 때는, 어떤 선물이 좋을지, 일일이 웃으며 물으시고, 그에 대한 아이들의 대답을 하나하나 수첩에 적어두셨습니다. 아버지께서 이렇게 아이들을 살갑게 대하시는 것은 드문 일이었습니다.

『요조는?』

하고 물으셔서, 저는 말문이 막혀버리고 말았습니다.

무얼 갖고 싶으냐는 말을 들으면, 듣자마자, 아무것도 갖고 싶지가 않아졌습니다. 아무렴 어때, 어차피 나를 즐겁게 해주는 물건 따위 없다, 는 생각이, 문득 드는 겁니다. 그와 동시에, 다른 사람이 주는 물건을, 아무리 자기 취향에 맞지 않는다고 해도, 그걸 거절할 수가 없었습니다. 싫은 것을, 싫다고 못 하고, 또, 좋은 것도, 머뭇머뭇 도둑질하듯, 지극히 씁쓸함을 맛보며, 그렇게 이루 말할 수 없는 공포감에 몸부림쳤습니다. 말하자면, 제게는, 양자택일의 능력조차 없었던 것입니다. 이것이, 후일에 이르러, 결국 제가 「부끄러움 많은 생애」를 사는, 중대한 원인이 되는 버릇 가운데 하나였던 것 같다는 생각이 듭니다.

제가 잠자코, 우물쭈물하고 있으려니까, 아버지께서는 약간 언짢은 표정을 지으시며,

『역시, 책이냐. 아사쿠사(浅草)의 상점가에 정월 사자춤 출 때 쓰는 사자탈, 아이들

이 쓰고 놀기에 적당한 크기의 탈을 팔고 있던데, 갖고 싶지 않니?』

갖고 싶지 않니, 라는 말을 들으면, 이미 틀린 겁니다. 우스꽝스러운 대답이고 뭐고 할 수가 없습니다. 어릿광대 연기는, 완전히 낙제였습니다.

『책이, 좋을 것 같습니다』

큰형님은, 진지한 표정을 지으며 말했습니다.

『그러냐』

아버지께서는, 기분 잡쳤다는 얼굴로 수첩에 적지 않으시고, 탁 하고 수첩을 덮으셨습니다.

이 무슨 실패인가, 저는 아버지를 노엽게 했고, 아버지의 복수는, 분명, 무시무시할 것임에 틀림이 없다, 지금 당장이라도 어떻게든 해서 되돌릴 수는 없는 걸까, 하고 그날 밤, 이불 속에서 벌벌 떨면서 생각했고, 살그머니 일어나 응접실로 가서, 아버지께서 아까, 수첩을 넣어두셨을 책상 서랍을 열고, 수첩을 꺼내, 팔랑팔

랑 넘기다가, 선물 목록을 적어두신 곳을 발견하고, 수첩 사이에 끼워진 연필에 침을 묻혀서, 사자탈, 이라고 쓴 다음 잠을 잤습니다. 저는 사자춤 출 때 쓰는 사자탈을, 전혀 갖고 싶지 않았습니다. 오히려, 책이 좋을 정도였습니다. 하지만, 저는 아버지께서 그 사자탈을 저에게 사 주고 싶어하시는구나 하는 걸 알아채고, 아버지의 그 의향에 아첨하여, 아버지의 비위를 맞춰드리고 싶다는 일념으로, 깊은 밤, 응접실에 숨어드는 모험을 구태여 감행했던 것입니다.

그리하여, 저의 비상수단은, 역시나 생각대로 대성공을 거두게 되었습니다. 머지않아, 아버지께서는 도쿄에서 돌아오셨고, 어머니께 큰 소리로 말씀하시고 계신 것을, 저는 아이들 방에서 듣고 있었습니다.

『상점가 장난감 가게에서, 이 수첩을 펼쳐봤는데, 이 봐, 여기, 사자탈, 이라고 써 있는 거야. 이건, 내 글씨가 아닌데. 뭘까? 하고 고개를 갸웃거리다가, 짚이는 데가 있더라구. 이건, 요조가 장난을 친 거야. 글쎄, 내가 물어봤을 때는, 히

죽거리며 참자고 있었는데, 나중에, 아무래도 사자탈이 갖고 싶어 안달이 났던 거
야. 아무튼, 참, 그 놈은, 별난 녀석이라니까. 모른 체하더니, 또박또박 써놨어.
그렇게 갖고 싶었으면, 그렇다고 말하면 될 텐데. 장난감 가게 앞에서 한참 웃었다
니까. 요조 좀 빨리 불러줘』

또 한편, 저는, 하인들을 방으로 불러 모아, 남자 머슴 하나에게 아무렇게나 피
아노 건반을 두드리게 하고, (시골이긴 했지만, 그 집에는, 웬만한 것은 다 있었습
니다) 저는 그 엉터리 곡에 맞추어 인디언 춤을 춰 보이면서, 모두를 크게 웃게 만
들었습니다. 둘째 형은, 플래시를 터뜨리며, 제 인디언 춤을 촬영했는데, 그 사진
이 나온 것을 보니, 제가 허리에 두른 천 (그것은 오색 보자기였습니다) 사이로,
조그마한 고추가 보여서, 이게 또 온 집안을 웃음바다로 만들었습니다. 제게 있어,
이것은 또한 뜻밖의 성공이라고 할 만한 것이었는지도 모르겠습니다.

저는 매달, 신간 소년잡지를 열 권 이상이나, 구독하고 있었고, 또 그밖에도, 여

러 가지 책을 도쿄에서 주문해서 묵묵히 읽고 있었기 때문에、「엉터리 박사」라든가、또는、「믿거나 말거나 박사」 같은 것은、꽤 익숙했고、또、괴담、야화、만담、에도(江戸) 이야기 같은 것도、제법 꿰고 있었기 때문에、우스꽝스러운 이야기를 진지한 표정으로 해가면서、식구들을 웃기기에는 부족함이 없었습니다。

하지만、아아、학교！

저는、거기에서는、존경받을 뻔했습니다。존경받는다는 관념 또한、몹시도 저를、겁나게 했습니다。거의 완벽에 가깝게 남들을 속이다가、그러다가、어떤 전지전능한 사람에게 간파당하고、박살이 나고、죽는 것 이상의 개망신을 당한다、그것이、「존경받는다」는 상태에 대한 저의 정의였습니다。사람들을 속여서 「존경받는다」고 해도、누군가 하나가 알고 있어서、그래서、사람들도、드디어、그 한 사람을 통해 알게 되고、속았다는 것을 깨달을 때、그때의 사람들의 분노、복수는、도대체、글쎄요、어떨까요。상상만 해도、온몸의 털이 쭈뼛 서는 느낌이 듭니다。

저는 부잣집에서 태어났다는 사실보다도, 속된 말로 「잘 나가서」, 학교 전체의 존경을 받을 뻔했습니다. 저는, 어렸을 때부터 병약하여, 걸핏하면 한 달 두 달, 또는 한 학년 가까이나 누워 있느라 학교를 쉰 적도 있었지만, 그래도, 병이 막 가신 몸으로 인력거를 타고 학교에 가서, 기말고사를 보면, 반에서 누구보다도 이른바 「잘 나가는」 것 같았습니다. 몸 상태가 좋을 때도 저는, 전혀 공부를 하지 않았고, 학교에 가서도 수업 시간에 만화 같은 걸 그렸고, 쉬는 시간에는 그것을 반 친구들에게 설명하면서, 웃겨주었습니다. 또, 작문 시간에는 우스꽝스러운 이야기만 써서, 선생님께 주의를 받아도, 그래도, 저는, 그만두지 않았습니다. 선생님께서는, 실은 은근히 제가 쓴 그 이야기를 기대하고 계시다는 걸 저는, 알기 때문이었습니다. 어느 날, 여느 때처럼, 어머니에게 이끌려 도쿄로 가는 기차에서, 오줌을 객차 통로에 있는 가래구멍에 누어버린 실패담(그러나, 그때, 저는 그것이 침을 뱉거나 쓰레기를 버리는 구멍인 줄 모르고 그런 것이 아니었습니다. 아이의 천

진난만함을 뽐내려고, 일부러, 그렇게 한 것이었습니다)을, 매우 슬픈 필치로 써서 제출했고, 선생님께서, 반드시 웃으실 거라는 자신이 있었으므로, 교무실로 돌아가시는 선생님 뒤를, 살짝 따라갔는데, 선생님께서는, 교실을 나오자마자, 제가 쓴 그 글을, 다른 친구들 것들 속에서 골라내시더니, 복도를 걸어가시면서 읽기 시작하셨고, 쿡쿡 웃으시다가, 이윽고 교무실에서 전부 읽으셨는지, 얼굴이 벌개지셔서 큰 소리로 웃으시고는, 다른 선생님께, 곧장 그것을 보여주시는 걸 보고, 저는, 매우 만족했습니다.

장난꾸러기.

저는, 흔히 말하는 장난꾸러기로 보이는 데 성공했습니다. 존경받는 것에서, 도망치는 데 성공했습니다. 성적표는 전 과목 모두 백 점이었지만, 품행이라고 하는 것만은, 칠십 점이었다가 육십 점이었다가 했고, 그것도 역시 집안의 웃음거리였습니다.

그렇지만 저의 본성은、 그런 장난꾸러기 같은 것과는、 완전히 정반대였던 것입니다。 그 무렵、 이미 저는、 하녀들이나 머슴들로부터、 슬픈 일을 배웠고、 능욕을 당하고 있었습니다。 어린 아이에게 그러한 짓을 하는 것은、 사람이 저지를 수 있는 범죄 가운데 가장 추악하고 하등하고 잔혹한 범죄라고、 저는 지금까지는 생각하고 있습니다。 그러나、 저는、 참았습니다。 이로써 또 하나、 인간의 특질을 발견한 것 같은 기분까지 들어、 그래서、 힘없이 웃었습니다。 만약 제게 진심을 말하는 습관이 있었다면、 주눅 들지 않고、 그들의 범죄를 아버지나 어머니께 고해바칠 수 있었을 지도 모르지만、 하지만、 저는、 그 아버지나 어머니 역시 이해할 수가 없었던 것입니다。 타인에게 호소한다、 저는、 그러한 수단에는 조금도 기대를 할 수 없었습니다。 아버지께 호소한들、 어머니께 호소한들、 경찰에 호소한들、 정부에 호소한들、 결국은 처세에 능한 사람이、 세상살이 요령이 좋은 사람이 하는 주장에 말려들게 되지 않을는지요。

한쪽으로 치우치는 일이 으레 있다는 것은、자명한 사실이다、어차피 타인에게 호소하는 것은 헛된 일이다、저는 역시 진심은 아무것도 말하지 말고、참고、그렇게 광대짓을 계속하는 수밖에、없다는 마음이었습니다。

뭐야、인간에 대한 불신을 말하는 건가? 그래? 너는 언제 예수쟁이가 된 거냐、하고 비웃는 사람도 어쩌면 있을 수 있겠으나、그러나、인간에 대한 불신이、반드시 종교의 길과 직접 맞닿아 있는 건 아니라고、저는 생각합니다만。실제로 그 비웃는 사람을 포함해서、인간은、상호간의 불신 안에서、하나님이든 뭐든 염두에 두지 않고、태연하게 살고 있는 건 아닐까。역시、제가 어렸을 때의 일이었지만、아버지가 소속되어 있던 어느 정당의 유명인사가、이 마을에 연설을 하러 왔기에、저는 머슴들을 따라 극장으로 들으러 갔습니다。자리는 만원이었고、그리고、이 마을에서 특히 아버지와 친하게 지내는 사람들의 얼굴은 모두、보였고、크게 박수 같은 걸 치고 있었습니다。연설이 끝나고、청중들은 삼삼오오 눈 내린 밤길을 걸어 집으로 돌아갔고, 이러쿵저러쿵 그날 밤의 연설에 대해 험담을 했습니다. 그중에는, 아버지와 절친한 사람의 목소리도 섞여 있었습니다. 아버지의 개회사도 서툴렀고, 그 유명인사의 연설도 뭐가 뭔지, 알아들을 수가 없었다면서, 소위 아버지의 「동지」란 자들이 성이라도 난 것 같은 말투로 지껄이고 있는 겁니다. 그리고 그 사람들은, 저희 집에 들러 응접실에 들어와 앉더니, 오늘밤 연설회는 대성공이었다고, 진심으로 기쁜 듯한 표정을 지으며 아버지께 말했습니다. 머슴들까지, 오늘밤 연설회는 어땠냐는 어머니 물음에, 아주 재미있었다고, 천연덕스럽게 말하는 것이었습니다. 연설회만큼 지루한 것도 없다고, 돌아오는 내내, 머슴들은 서로 투덜댔는데 말입니다.

하지만, 이런 일은 그저 사소한 일례에 지나지 않습니다. 서로 속이고, 그럼에도 불구하고 신기하게도 누구도 아무런 상처도 입지 않고, 서로 속이고 있다는 사실조차 눈치 채지 못한 듯한, 실로 산뜻한, 그야말로 맑고 밝고 명랑한 불신의 일례가,

인간의 삶에 충만한 것 같습니다。 그렇지만、 저는、 서로 속고 속이는 일에는、 별로 특별한 흥미도 없습니다。 저 역시、 광대짓으로、 아침부터 밤까지 사람들을 속이고 있습니다。 저는、 윤리 교과서에 나올 법한 정의니 뭐니 하는 도덕에는、 그다지 관심이 없습니다。 저는、 서로서로 속이면서 맑고、 밝고、 명랑하게 살고 있는、 또는 살 수 있다고 자신하는 사람들을 이해하기가 어렵습니다。 사람들은、 끝까지、 저에게 그 오묘한 진리를 가르쳐주지 않았습니다。 그것만 알았더라면、 저는、 인간을 이다지도 두려워하고、 또、 필사적인 서비스 따위 하지 않아도、 되었겠지요。 인간의 삶과 대립하게 되어버려서、 밤마다 지옥인 이런 고통을 맛보지 않아도 되었겠지요。 다시 말해、 제가 남녀 하인들의 가증스러운 그 범죄조차、 누구에게도 말하지 않았던 것은、 인간에 대한 불신 때문도 아니고、 또한 물론 기독교 사상 때문도 아니고、 사람들이、 오바 요조라는 이름의 저에게 신용이라는 껍데기를 단단히 둘러놓았기 때문이라고 생각합니다。 부모님조차、 제가 이해하기 힘든 모습을、 종종、 보여주시는 경우가 있었으니까요。

그래서、그、아무에게도 말하지 않는、제 고독의 냄새를、많은 여자들이、본능적으로 맡을 수 있었고、훗날 여러 가지로、제가 이용을 당하는 원인 중 하나가 된 것 같다는 생각도 듭니다。말하자면 저는 여자들에게 있어、사랑의 비밀을 지킬 수 있는 남자였던 것입니다。

두 번째 수기

바다、파도가 밀려오는 바닷가、라고 해도 될 만큼 바다와 가까운 곳에 나뭇결이 새카맣고 꽤 커다란 산벚나무가 스무 그루도 넘게 늘어서 있는데、신학기가 시작되면、산벚나무는、끈적끈적할 것만 같은 갈색 어린잎과 함께、푸른 바다를 배경으로、그 현란한 꽃을 피우고、이윽고、꽃보라 칠 무렵에는、바다에 흩날린 무수한 꽃잎이 해수면에 아로새겨져 떠다니다가、파도를 타고 다시금 바닷가로 밀려드는、그 벚꽃 모래사장을、그대로 교정으로 삼는 도호쿠 지방의 어느 중학교에、저는 시험공부도 제대로 하지 않았지만、그럭저럭 무사히 입학할 수 있었습니다。그리고、그 중학교 학생모 휘장에도、교복 단추에도、벚꽃 모양 그림이 피어 있었습니다。

그 중학교 바로 근처에, 저희 먼 친척뻘 되는 분의 집이 있어서, 그런 이유도 있고 해서, 아버지께서 그 바다와 벚꽃이 있는 중학교를 제게 골라주셨던 것입니다. 저는, 그 집에 맡겨졌고, 여하튼 학교 바로 근처라서, 조례 종이 울리는 소리가 들리면, 뛰어서 등교를 하는 등, 상당히 나태한 중학생이었지만, 그래도, 여느 때처럼 광대짓을 하며, 나날이 반에서 인기를 얻고 있었습니다.

난생처음 이른바 타향으로 나온 것인데, 제게는, 그 타향이라는 데가, 제가 태어난 고향보다도, 훨씬 마음 편한 곳처럼 느껴졌습니다. 그것은, 저의 광대짓도 그 무렵에는 더욱더 몸에 착 붙게 되어, 남을 속이기 위해 예전만큼 노력할 필요가 없어졌기 때문이다, 라고 설명해도 될 것 같지만, 하지만, 그보다도, 육친과 타인, 고향과 타향, 거기에는 무시할 수 없는 연기의 난이도 차이가, 어떤 천재라 할지라도, 설령 하나님의 아들 예수라 할지라도, 존재하는 게 아닐는지요. 배우에게, 연기하기 가장 어려운 장소는, 고향에 있는 극장이고, 게다가 일가친척이 전부 모여

앉아 있는 방이라면, 어떤 명배우라 해도 연기고 자시고 없지 않을는지요. 하지만 저는 연기했습니다. 더구나, 그게, 상당한 성공을 거두었습니다. 그 정도 괴짜가, 타향에 와서, 만에 하나라도 연기를 망칠 리는 없었던 것입니다.

저의 인간 공포증, 그것은 전보다 더했으면 더했지 덜하지는 않을 정도로 강렬하게 가슴 깊은 곳에서 꿈틀거리고 있었지만, 하지만, 연기력은 실로 무럭무럭 자라, 교실에서는, 항상 반 아이들을 웃겼는데, 선생님께서도, 이 반은 오바 요조 너만 없으면, 아주 얌전한 반인데 말이다, 하고 말씀하시며 한숨을 쉬셨지만, 손으로 입을 틀어막고 웃으셨습니다. 저는, 저 벼락 같이 소리를 지르는 배속장교[3]마저도, 참으로 쉽게 웃음보가 터지게 할 수 있었습니다.

이제, 내 정체를 완전히 은폐하는 데 성공한 것은 아닐까, 하고 막 안심하려는 찰나, 저는 뜻밖에도 등 뒤에서 칼을 맞고 말았습니다. 그것은, 등 뒤에서 칼로 찌르는 자들이 대개 그렇듯, 반에서 가장 빈약한 육체를 가졌고, 얼굴도 푸석푸석하고, 그리고 분명 아버지나 형이 입던 것 같은 소매가 쇼토쿠태자(聖德太子)의 옷처럼 길게 늘어진 상의를 입고, 공부는 전혀 못하고, 교련이나 체육 시간에는 항상 구경만 하는 백치 같은 학생이었습니다. 저 역시 그 학생에게만은 경계할 필요를 느끼지 못했습니다.

그날, 체육 시간에, 그 학생(성은 지금 생각이 나지 않지만, 이름은 다케이치(竹一)였던 것으로 기억합니다)은, 여느 때처럼 구경만 하고, 저희들은 철봉 연습을 하고 있었습니다. 저는 일부러 최대한 엄숙한 표정으로, 철봉을 향해, 에잇 하고 외치며 뛰어올라, 그대로 멀리뛰기를 하는 것처럼 앞으로 날아가, 모래밭에 쿵 하고 엉덩방아를 찧었습니다. 전부, 계획적인 실패였습니다. 과연 모두 웃음보를 터뜨렸고, 저도 쓴웃음을 지으며 일어나 바지에 묻은 모래를 털고 있었는데, 언제 거기에 와 있었는지, 다케이치가 제 등을 쿡쿡 찌르며, 낮은 목소리로 이렇게 속삭였습니다.

『일, 부, 러』

저는 몸서리를 쳤습니다. 일부러 실패했다는 것을, 다른 사람도 아니고 하필, 다케이치에게 간파당하다니, 꿈에도 생각지 못한 일이었습니다. 저는, 세상이 한순간에 지옥의 업화에 휩싸여 불타오르는 것을 눈앞에서 보고 있는 듯한 기분이 들었고, 와아! 하고 소리를 지르며 미쳐 날뛸 것만 같은 마음을 죽을힘을 다해 억눌렀습니다.

그날 이후 날이 갈수록, 제 불안과 공포는 더해갔습니다.

겉으로는 변함없이 가련한 광대 연기로 모두를 웃기고 있었지만, 문득 저도 모르게 답답한 한숨이 나와, 무슨 짓을 해도 전부 다케이치에게 간파당해 박살이 나고, 그러면 그 녀석은, 조만간 반드시 누구라고 할 것 없이, 그 말을 떠벌이고 다닐 게 틀림없다, 고 생각하면, 이마에 송골송골 진땀이 맺혔고, 미친 사람처럼 묘한 눈빛으로, 주변을 두리번두리번 괜히 둘러보기도 했습니다. 할 수만 있다면, 아침, 점심, 저녁, 온종일, 다케이치 옆에서 떨어지지 않고 비밀을 함부로 지껄이지 못하도록 감시하고 싶은 심정이었습니다。 그렇게、 내가、 달라붙어 다니는 동안에、 내 광대짓은、 그 「일부러」가 아니라、 진짜였구나 하는 생각이 들게끔 모든 노력을 기울이고、 일이 잘 풀려서、 둘도 없이 친한 친구가 되고 싶다、 만약、 그게 전부、 불가능하다면、 그때는、 그 아이가 죽기를 비는 것 말고는 다른 방법은 없다、 하는 생각까지 했습니다。 하지만、 그렇다고 해도、 그 아이를 죽여야겠다는 마음은 들지 않았습니다。 저는、 지금까지의 생애를 통틀어、 나를 죽여줬으면 하고 바랐던 적은 몇 번 있지만、 다른 사람을 죽이고 싶다고 생각한 적은 한 번도 없습니다。 그건 무서운 상대에게、 오히려 행복을 줄 뿐이라고 생각했기 때문입니다。

저는、 그 아이를 길들이기 위해、 우선、 얼굴에 가짜 예수쟁이 같은 「상냥한」 미소를 띠고、 고개를 삼십 도 정도 왼쪽으로 기울인 채、 가냘픈 그 아이의 어깨를 가볍게 끌어안으며、 그리고 아첨하듯 간드러지는 목소리로、 그 아이를 제가 살고 있는 집에 놀러 오라고 여러 차례 꼬드겼지만、 그는 언제나、 멍한 눈빛으로、 잠자코 있었습니다。하지만、저는、어느 날 방과 후、확실히 초여름 무렵이었는데、소나기가 부옇게 쏟아져、학생들은 좀처럼 집에 갈 엄두를 내지 못하는 것 같았고、저는 집이 바로 그 근처라 별 생각 없이 밖으로 뛰어나가려고 했는데、문득 신발장 뒤에、다케이치가 힘없이 서 있는 것을 보고、가자、우산 빌려줄게、하며、쭈뼛거리는 다케이치의 손을 잡아끌어、함께 빗속을 달려、집에 도착해서、둘의 상의를 아주머니께 말려주십사 부탁한 뒤、다케이치를 이 층에 있는 제 방으로 끌어들이는 데 성공했습니다。

그 집에는、쉰이 넘은 아주머니와 서른쯤 되는、키가 크고、안경을 쓰고、몸이 약해 보이는 큰딸、(이 여자는、한 번 다른 집에 시집을 갔다가、그러고 나서 다시、친정으로 돌아온 사람이었습니다。저는、이 사람을、이 집 사람들을 따라、「언니」라고 불렀습니다) 그리고 최근에 여학교를 갓 졸업한 것 같은、「세츠코」라고 하는、언니와는 달리 키가 작고 얼굴이 동그란 여자아이、이렇게 세 식구뿐이었는데, 아래층 가게에는, 학용품이나 운동용품을 조금 진열하긴 했지만, 주된 수입은, 죽은 남편이 지어놓고 간 연립주택 대여섯 동의 집세 같았습니다.

『귀가 아파』

다케이치는, 선 채로 그렇게 말했습니다.

『비를 맞았더니, 아파졌어』

제가, 한번 보니, 양쪽 귀에, 심한 염증이 있었습니다. 고름이, 당장이라도 귓바퀴 밖으로 흘러나올 기세였습니다.

『이런, 안되겠어. 아프겠구나』

하고 저는 엄살을 부리며 놀라는 척하고는,

『빗속으로 끌어내서, 미안』

하고 여자들이 쓰는 말투로 「상냥하게」 사과를 하고, 그리고 나서 아래층으로 가서 솜과 알코올을 받아 와서는, 다케이치를 제 무릎을 베고 눕게 한 다음, 정성

스레 귀를 청소해주었습니다. 다케이치도, 정말로 이것이 위선적인 악계라는 사실은 눈치 채지 못한 것 같았습니다.

『분명, 여자들이, 너한테 홀릴 거야』

제 무릎을 베고 누운 채, 어리석은 아부를 할 정도였습니다.

그러나 이 말은, 아마, 다케이치 자신도 의식하지 못했을 만큼, 무서운 악마의 예언 같은 것이었음을, 저는 훗날에 이르러서야 뼈저리게 깨닫게 되었습니다. 홀리니, 반하니, 그런 말들은 너무 천박하고, 경박하고, 정말이지, 우쭐대는 느낌이라서, 아무리, 이른바 「엄숙」한 곳이라 해도, 거기에서 이런 말이 한마디라도 불쑥 얼굴을 내민다면, 순식간에 우울의 사원은 붕괴되어, 그냥 평평하고 밋밋한 땅이 되어버릴 것 같은 기분이 들기는 합니다만, 홀리는 괴로움, 같은 속된 말이 아니라, 사랑받는 불안감, 이라는 문학적인 언어를 쓰면, 반드시 우울의 사원을 때려부수지는 않을 것 같으므로, 기묘한 일이라 생각합니다.

다케이치가、저에게 귀 염증 청소를 받고 나서、여자들이 제게 홀릴 거라는 바보 같은 아부를 했고、저는 그때、그저 얼굴을 붉히고 웃으며、아무런 대답도 하지 않았지만、하지만、실은、어렴풋이 짚이는 데가 있었습니다。그러나、「너한테 홀릴 거야」、라는 속 보이는 말로 인해 생겨나는 우쭐한 기분에 대해서、그런 말을 들으면、짚이는 데가 있다、는 둥 하고 쓰는 건、거의 만담 속 부잣집 도련님의 대사로도 써먹지 못할 정도로、어리석은 감회를 드러내는 것으로、설마、저는、그런 시답지 않고、우쭐대는 심정에서、「짚이는 데가 있다」는 것은 아닙니다。

저에게는、사람 중에서도 여자가、남자보다 몇 배나 더 어려웠습니다。저희 가족은、여자가 남자보다 많았는데、친척 중에도、여자아이가 여럿 있었고、또 그 못된 「범죄」를 저지른 하녀들도 있어서、저는 어렸을 때부터、여자들하고만 어울리며 자랐다고 해도 과언은 아니라고 생각합니다만、그게、또、하지만、참으로、살얼음판 위를 걷는 심정으로、그 여자들과 지내왔던 것입니다。거의、도무지、알 수가 없습니다. 오리무중이라서, 그래서 가끔, 호랑이 꼬리를 밟는 실패를 했고, 심한 상처를 입고, 그게 또, 남자들에게 받았던 채찍질과는 달리, 내출혈 같이 극도로 불쾌하게 몸속으로 퍼져나갔기에, 상당히 치유하기 어려운 상처였습니다.

여자는 먼저 끌어안았다가, 밀쳐버리고, 혹은 또, 여자는, 사람들이 있는 데서는 못 본 척하고, 매정하게 대하다가, 아무도 없으면, 꽉 끌어안고, 여자는 죽은 듯 깊이 잠들고, 여자는 잠을 자기 위해 사는 게 아닌지, 그밖에도, 여자에 대해 여러 가지로 관찰한 결과를, 이미 저는, 어린 시절부터 가지고 있었지만, 같은 인간이면서, 남자와는 또, 완전히 다른 생물 같은 느낌이고, 그런데 또, 이 불가사의하고 방심할 수 없는 생물체는, 기묘하게도 저를 보살펴주었습니다. 「홀리다」라는 말도, 또는 「사랑받다」는 말도, 제 경우에는 조금도, 어울리지 않았고, 「보살펴다」라고 하는 편이, 그래도 실상을 설명하기에 적당할 지도 모르겠습니다.

여자는, 남자보다도 훨씬, 광대짓에는, 너그러운 것 같았습니다. 제가 광대 연기를 하면, 남자는 과연 한없이 껄껄거리며 웃지는 않았고, 게다가 저도 남자에게, 신이 나서 광대짓을 과하게 하면 실패한다는 사실을 알고 있었기 때문에, 반드시 적당한 선에서 끝을 맺도록 항상 신경을 썼습니다만, 여자는 적당한 선이라는 것을 모르고, 끝도 없이 끝도 없이, 저에게 광대짓을 요구해서, 저는 그 끝없는 앙코르 요청에 응하다, 녹초가 되었습니다. 정말, 툭 하면 웃는 겁니다. 대체로, 여자는, 남자보다도, 쾌락을 훨씬 더 많이 받아들일 수 있는가봅니다.

제가 중학교 시절에 신세를 진 그 집 큰딸도, 작은딸도, 틈만 나면, 이 층 제 방으로 찾아와서, 저는 그때마다 펄쩍 뛸 정도로 놀라 그저 겁이 났는데,

『공부해?』

『아뇨』

하고 미소를 지으며 책을 덮고는, 『오늘 있잖아, 학교에서 말이야, 몽둥이라는 별명을 가진 지리 선생님이』

하고 술술 입에서 흘러나오는 것은, 마음에도 없는 우스갯소리였습니다.

『요조, 안경 써봐』

어느 밤, 작은누나 세츠코가 언니와 함께 제 방으로 놀러 와서, 실컷 광대짓을 시킨 다음에, 저런 말을 꺼냈습니다.

『왜?』

『됐으니까, 써봐. 언니한테 안경을 빌려서』

항상, 이런 난폭한 명령조로 말했습니다. 광대는, 순순히 언니의 안경을 썼습니다. 순간, 두 여자는, 자지러지게 웃었습니다.

『딱이네. 로이드랑 똑같아』

당시, 해롤드 로이드[4]인가 하는 외국 코미디 영화배우가, 일본에서 인기를 끌었습니다.

저는 일어나 한쪽 손을 들고,

『여러분』

하고 말한 다음,

『이렇게, 일본 편 여러분들께……』

하며 한바탕 인사를 해서, 다시 한 번 배꼽을 잡게 만들었는데, 그 후로, 로이드의 영화가 그 마을 극장에 들어올 때마다 보러 가서는, 몰래 그의 표정 같은 걸 연구했습니다.

또, 어느 가을밤, 제가 누워서 책을 읽고 있는데, 언니가 참새처럼 조르르 제 방으로 들어와서는, 갑자기 제 이불 위에 엎드려 울면서,

『요조가, 나를 구해줘야 해. 그렇지? 이런 집구석, 같이 나가버리는 게 좋겠어. 구해줘. 구해줘』

라는 등, 격한 말을 내뱉고는, 또 우는 것이었습니다. 그래도, 저한테는, 여자가, 이런 태도를 보이는 것이, 이번이 처음이 아니었기 때문에, 언니의 과격한 말

에도, 별반 놀라지 않고, 오히려 그 진부함과 무의미함에 흥이 깨졌다는 심정으로, 슬쩍 이불 밖으로 빠져나와, 책상 위에 있는 감을 깎아, 그중 한 조각을 언니에게 건네주었습니다. 그러자, 언니는, 훌쩍거리면서 감을 먹다가,

『뭔가 재밌는 책 없어? 빌려줘』

하고 말했습니다.

저는 소세키[5]의 「나는 고양이로소이다」라는 책을, 책장에서 골라주었습니다.

『잘 먹었어』

언니는, 부끄럽다는 듯 웃으며 방을 나갔는데, 이 언니뿐만이 아니라, 도대체 여자들이란, 무슨 생각으로 살고 있는 건가 생각하는 일이, 제게는, 지렁이의 마음을 헤아리는 것보다도, 까다롭고, 성가시고, 왠지 기분 나쁘게 느껴졌습니다. 단지, 저는, 여자가 그렇게 갑자기 울음을 터뜨리는 경우, 뭔가 단것을 건네주면, 그것을 먹고 기분이 풀린다는 사실만은, 어렸을 때부터, 제 경험으로 알고 있었습니다.

또, 작은별인 세츠코는, 그 친구들까지 제 방으로 데리고 왔고, 저는 항상 공평하게 모두를 웃겨주었는데, 친구들이 돌아가면, 세츠코는, 꼭 그 친구들의 험담을 했습니다. 걔는 불량소녀니까, 조심해, 하고 이래 말하는 겁니다. 그러면, 굳이 데려오지 않으면 될 텐데, 덕분에 제 방으로 오는 손님은, 거의 전부가, 여자, 였습니다.

그렇지만, 그건, 다케이치가 아부로 했던 「홀린다」는 말이 실현된 것은 아직 결코 아니었습니다. 즉, 저는, 일본 도호쿠 지방의 해롤드 로이드에 지나지 않았던 것입니다. 다케이치의 바보 같은 아부가, 끔찍한 예언이 되어, 생생하게 살아나, 불길한 모습을 드러내게 된 것은, 다시 그로부터, 몇 년이 지난 후였습니다.

다케이치는, 또, 저에게 또 하나, 중대한 선물을 주었습니다.

『도깨비 그림이야』

언젠가 다케이치가, 제가 있는 이 층에 놀러 왔을 때, 가지고 온, 컬러 그림 한

정을 자랑스럽게 보여주며, 그렇게 설명했습니다.

어? 하고 생각했습니다. 훗날에 이르러, 그 순간, 제가 가게 될 길이 결정된 것 같은, 그런 생각이 들어 견딜 수가 없었습니다. 저는, 알고 있었습니다. 그것은, 고흐의 그, 자화상에 지나지 않는다는 것을 알고 있었습니다. 저희가 어렸을 무렵에는, 일본에서는 프랑스의 소위 인상파 그림이 대유행이었는데, 서양화 감상의 첫걸음을, 대개 그 언저리부터 시작했으므로, 고흐, 고갱, 세잔, 르누아르 같은 사람 그림은, 시골 중학생이라 해도, 대부분 사진으로 보고 알고 있었습니다. 저희들도, 고흐의 저런 그림을 꽤 여럿 보았고, 신기한 붓 터치, 선명한 색채에 흥미를 느끼고는 있었지만, 하지만, 도깨비 그림, 이라고는, 한 번도 생각한 적이 없었습니다.

『그럼, 이런 건 어때? 이것도, 도깨비일까?』

저는 책장에서, 모딜리아니의 화집을 꺼내, 불에 탄 구릿빛 같은 살갗의, 나체

여인 그림을 다케이치에게 보여주었습니다。

『굉장하군』

다케이치는 눈을 휘둥그렇게 뜨며 감탄했습니다。

『지옥에서 온 말 같아』

『이것도, 도깨비일까?』

『나도, 이런 도깨비 그림을 그리고 싶어』

너무나 인간을 두려워하는 사람들은, 반대로, 더욱더, 무시무시한 요괴를 확실히 자기 눈으로 보고 싶어 하는 심리가 있고, 신경질적이고, 쉽게 겁을 먹는 사람일수록, 폭풍우가 더더욱 거세지기를 바라는 심리가 있는데, 아아, 이 화가들은, 인간이라는 도깨비에게 상처받고, 위협받은 끝에, 마침내 환영을 믿고, 백주대낮의 자연 속에서, 똑똑히 요괴를 본 것이다, 게다가 그들은, 그것을 광대짓 따위로 얼버무리지 않고, 본 대로 표현하기 위해 노력한 것이다, 다케이치가 했던 말처럼,

단호하게 「도깨비 그림」을 그린 것이다, 여기에 내 미래의, 목표가 있다, 고 저는, 눈물을 흘렸을 정도로, 흥분하여,

『나도 그릴 거야. 도깨비 그림을 그릴 거야. 지옥의 말을, 그릴 거야』

하고, 왜 그랬는지, 잔뜩 목소리를 낮추고, 나케이치에게 말했습니다.

저는, 소학교 시절부터, 그림이라면 그리는 것도, 보는 것도 좋아했습니다. 하지만, 제가 그린 그림은 제 작문에 비해서는, 주위의 평판이, 좋지 않았습니다. 저는, 원래부터 사람 말을 전혀 신용하지 않았고, 작문 따위는, 저에게 있어, 그저 광대의 인사말 같은 것이라, 소학교, 중학교, 내내 선생님들을 미치도록 웃겨드리긴 했지만, 그러나, 저로서는, 전혀 재미있지 않았는데, 그림만큼은, (만화 같은 것은 다른 문제지만) 그 대상을 표현함에 있어, 유치한 아류이긴 했지만, 다소 고심을 했습니다. 학교에 있는 그림 견본들은 시시하고, 선생님께서 그리신 그림은 형편없어서, 저는, 정말 닥치는 대로 여러 표현법을 스스로 공부하여 시험해야

만 했습니다. 중학교에 들어가서, 저는 유화 도구도 전부 갖추었지만, 하지만, 그 그림 견본을 보고 인상파 화풍을 흉내 내도, 제가 그린 그림은, 마치 지요가미[6] 처럼 밋밋해서 제대로 된 그림이 될 것 같지도 않았습니다. 그렇지만 저는, 다케이치의 말을 듣고, 제가 그전까지 그림을 대하던 마음가짐이, 완전히 틀려먹었다는 사실을 깨달았습니다. 아름답다고 느낀 것을, 그대로 아름답게 표현하려고 노력하는 시시함, 어리석음. 거장들은, 아무것도 아닌 사물을, 주관에 의해 아름답게 창조하고, 혹은, 추한 것에 토악질을 하면서도, 그에 대한 흥미를 감추지 않고, 표현의 기쁨에 빠져 있다는, 다시 말해, 타인의 기대에 조금도 의지하지 않는 것 같다는, 원시적인 비법을, 다케이치로부터, 전수받고, 그 여자 방문객들 몰래, 조금씩, 자화상 제작에 착수했습니다.

저도, 깜짝 놀랐을 만큼, 음산한 그림이 완성되었습니다. 그러나, 이것이야말로 가슴 깊은 곳에 한사코 숨겨두기만 했던 내 정체다, 겉으로는 쾌활하게 웃고, 또

남을 웃기고 있지만, 실은, 이런 음울한 마음을 나는 갖고 있는 것이다, 어쩔 수가 없다, 며 남몰래 고개를 끄덕거렸고, 그렇지만 그 그림은, 다케이치 말고 다른 사람에게는, 그 누구에게도 보여주지 않았습니다。 제 광대짓 밑바닥에 깔린 음산함을 간파당해서, 갑자기 치사하게 경계의 대상이 되는 것도 싫었고, 또, 이것이 제 정체인지도 모른 채, 역시나 새로운 취향의 광대짓이라 넘겨짚은 사람들에게, 큰 웃음거리가 되어버릴지도 모른다는 걱정도 있어서, 그건 어떤 것보다도 괴로운 일이었으므로, 그 그림은 곧장 벽장 깊숙이 넣어두었습니다。

또, 학교 미술 시간에도, 저는 그 「도깨비 그림 기법」은 감추고, 지금까지대로 아름다운 것을 아름답게 그리는 평범한 터치로 그렸습니다。

저는 다케이치에게만은, 전부터 제 상처받기 쉬운 정신을 아무렇지도 않게 보여주었고, 이번 자화상도 안심하고 다케이치에게 보여주었는데, 크게 칭찬을 받아서, 거기에 두 장 세 장, 도깨비 그림을 계속 그렸더니, 다케이치가 다시 한 번,

『너는、위대한 화가가 될 거야』

라는 예언을 했습니다。

훌리게 될 거라는 예언과、위대한 화가가 될 거라는 예언、이 두 가지 예언을 멍청한 다케이치에 의해 머릿속에 각인당한 채、머지않아、저는 도쿄로 가게 되었습니다。

저는、미술학교에 들어가고 싶었으나、아버지께서는、전부터 저를 고등학교에 집어넣고、장차 공무원을 시킬 생각이셨고、제게도 그리 일러두신 터라、말대꾸 한마디 못 하는 성격인 저는、멍하니 그 말에 따랐습니다。사학년부터는 입학시험을 보라、고 말씀하셨고、저 역시 벚꽃과 바다의 중학교는 이미 상당히 지겨워졌기 때문에、오학년으로 진급하지 않고、사학년만 수료한 채、도쿄의 고등학교에 입학시험을 치르고 합격하여、곧바로 기숙사 생활에 들어갔으나、그 불결함과 난폭함에 질려、광대짓이고 뭐고、의사에게 폐병 진단서를 써달라고 하여、기숙사에서 나와、우에노 사쿠라기초의 아버지 별장으로 이사를 했습니다。저는、단체생활이라는 것을、도저히 할 수가 없습니다。게다가 또、청춘의 감격이라든가、젊은이의 긍지라든가 하는 말은、듣고 있으면 오한이 들어서、아무리 해도、그、하이스쿨 스피리트라든가 하는 말에는、공감할 수가 없었습니다。교실도 기숙사도、일그러진 성욕의 쓰레기장 같다는 생각까지 들어、제 완벽에 가까운 광대짓도、거기에서는 아무런 도움이 되지 못했습니다。

아버지께서는 의회가 없을 때、한 달에 한 주나 두 주 밖에 그 집에 머무르지 않으셔서、아버지가 안 계실 때는、상당히 넓은 그 집에、별장 관리인 노부부와 저 세 사람뿐이라、저는、가끔 학교를 쉬었는데、그렇다고 도쿄 구경 같은 걸 할 기분도 들지 않아 (저는 결국、메이지(明治)신궁도[7]、구스노키(楠) 마사시게(正成) 동상도[8]、센카쿠지(泉岳寺) 사십칠사 무덤도[9] 못 본채 끝날 것 같습니다) 집에서 하루 종일、책을 읽거나、그림을 그리거나 했습니다。아버지가 도쿄에 오시면、저는、매일 아침 허둥지둥 등교하긴 했지만、하지만、혼고(本郷) 센다기초(千駄木町)에 있는 서양화가、야스다 신타로(安田新太郎) 씨의 화실로 가서、세 시간、네 시간이나 데생 연습을 하는 일도 있었습니다。고등학교 기숙사에서 빠져나왔더니、학교 수업에 출석해도、저는 마치 청강생 같은 특별한 지위에 있는 듯한、그건、제가 삐뚤어졌기 때문일지도 모르겠지만、뭐라고 할까、저 스스로가 밥맛없다는 생각이 들어、더더욱 학교에 가기가、꺼려진 것입니다。저는、소학교、중학교、고등학교를 통틀어、지금까지 애교심이라는 것을 끝끝내 이해하지 못했습니다。교가 따위、한 번도 외우려 했던 적이 없습니다。

저는、드디어 화실에서、어떤 미술학도로부터、술과 담배와 창녀와 전당포와 좌익사상을 배우게 되었습니다。묘한 조합이었지만、하지만、그건 사실이었습니다。

그 미술학도는、호리키 마사오(堀木正雄)라고 하고、도쿄의 번화가에서 태어난、저보다 여섯 살 연장자로、사립 미술학교를 졸업했는데、집에 아틀리에가 없어서、이 화실에 다니며、서양화 공부를 계속하고 있다고 했습니다。

『오 엔, 빌려주지 않을래?』

서로 단지 얼굴만 알 뿐, 그때까지 한마디도 이야기를 나눈 적이 없었습니다. 저는 어쩔 줄을 모르고 오 엔을 내밀었습니다.

『좋았어, 마시자. 내가, 한턱 내지. 착한 꼬마로군』

저는 딱 잘라 거절하지 못했고, 그 화실 근처, 호라이초(蓬萊町)의 카페로 끌려간 것을 계기로, 그와의 친구 관계가 시작되었습니다.

『전부터, 널 눈여겨보고 있었지. 바로 그거, 그 수줍은 미소, 그게 가능성 있는 예술가 특유의 표정이거든. 친해진 증표로, 건배! 기누 씨, 이 녀석 미남이지? 반하면 안 돼. 이 녀석이 화실에 온 덕택에, 아쉽게도 난, 두 번째 미남이 돼버렸다구』

호리키는, 피부가 가무잡잡하고 얼굴도 단정했으며, 미술학도로서는 드물게, 번듯한 정장을 입었는데, 넥타이 취향도 수수하고, 그리고 머리도 포마드를 발라 가운데 가르마를 타고 있었습니다.

저는 낯선 곳이기도 하고, 그냥 조금 겁이 나서, 팔짱을 꼈다 풀었다 하면서, 그야말로, 수줍은 미소만 짓고 있었는데, 맥주를 두 잔, 세 잔 마시는 사이에, 묘하게도 해방된 것만 같은 가벼움을 느끼게 되었습니다.

『저는, 미술학교에 들어가려고 하는데요……』

『아니, 시시해. 그런 데는, 시시해. 학교는, 시시해. 우리 스승은, 자연 속에 있다! 자연에 대한 패이소스!』

그러나, 저는, 그가 하는 말에 조금도 경의를 느끼지 못했습니다. 멍청한 사람이다, 그림도 틀림없이 못 그릴 거다, 그러나 놀기엔, 괜찮은 상대일지도 모른다, 고 생각했습니다. 말하자면, 저는 그때, 난생 처음, 진짜 도시 망나니를 본 것입니다. 그는, 저와 생긴 건 달라도, 역시, 이 세상 사람들의 생활에서 완전히 분리되어, 떠돌고 있다는 점에서만큼은, 확실히 같은 부류였습니다. 그리고, 그는 의식하지 못한 채 광대짓을 하지만、 그럼에도 불구하고、 광대짓의 비참함을 전혀 모르고 있다는 것이、 저와 본질적으로 다른 점이었습니다。

단지 노는 것뿐이다、 노는 상대로 사귀는 것뿐이다、 라며 언제나 그를 경멸하고、 때로는 그와의 친구 관계를 수치스럽게 생각하면서도、 그와 어울려 다니는 사이、 결국、 저는、 이 남자에게도 박살이 났습니다。

하지만、 처음에는、 이 남자를 좋은 사람、 보기 드물게 좋은 사람이라고만 생각하고、 인간 공포증이 있는 저도 완전히 방심을 하여、 괜찮은 도쿄 안내자가 생겼다、 정도로만 생각했습니다。 저는、 사실、 혼자서는、 전차(電車)를 타면 차장이 무섭고、 가부키 극장에 들어가고 싶어도、 그 정면 현관의 비단으로 된 융단이 깔린 계단 양쪽으로 늘어선 좌석 안내원들이 무섭고、 레스토랑에 들어가면、 제 등 뒤에 조용히 서서、 접시가 비기를 기다리는 웨이터가 무섭고、 특히 계산을 할 때、 아아、 어색한 제 손놀림、 저는 물건을 사고、 돈을 건네줄 때는、 인색해서가 아니라、 너무 심한 긴장、너무 심한 부끄러움、너무 심한 불안、공포에、어질어질 현기증이 나서、세상이 깜깜해지고、거의 반 미칠 것 같은 기분이 들어、흥정은커녕、거스름돈 받는 것을 깜빡할 뿐만 아니라、산 물건을 가지고 돌아오는 것을 잊은 적도、종종 있을 정도라서、도저히、혼자 도쿄 거리를 다니지 못하고、그래서 하는 수 없이、온종일 집 안에서、뒹굴거리고 있었다는 속사정도 있었습니다。

그러던 것이、호리키에게 지갑을 맡기고 함께 다니니、호리키는 물건 값도 잘 깎고、게다가 놀 줄 안다고 할까、최소한의 돈으로 최대한의 효과를 내는 씀씀이를 발휘하고、또、비싼 택시는 멀리하고、전차、버스、통통배 등을、적절히 섞어 이용해서、최단시간으로 목적지에 도착하는 수완까지 보여주고、창녀와 자고 아침에 돌아오는 길에는、어쩌고저쩌고 하는 요정(料亭)에 들러 아침 목욕을 하고、뜨끈한 두부로 가볍게 술을 마시는 것이、싼 것 치고는 호화로운 기분을 느낄 수 있다며 실전 교육을 해주고、그밖에、포장마차 소고기 덮밥이나 닭 꼬치구이가 저렴하지만 영양이 풍부하다는 설교라든가, 취기가 빨리 오르기로는, 전기 브랜디[10]를 능가할 것이 없다고 보증한다든가 했는데, 아무튼 그 돈을 치르는 것에 대해서는 저에게, 한 번도 불안, 공포를 느끼게 해준 적이 없습니다.

게다가 또, 호리키와 다니면서 좋은 점은, 호리키가 듣는 사람의 생각 같은 것을 아예 무시하고, 그 소위 말하는 정열이 분출되는 대로, (어쩌면, 정열이란, 상대의 입장을 무시하는 것인지도 모르겠습니다만) 스물네 시간, 실없는 말을 계속 지껄여서, 그, 둘이서 싸돌아다니다 지쳐도, 어색한 침묵에 빠질 우려가, 절대로 없다는 것이었습니다. 사람을 만나면, 그 무서운 침묵이 그곳에 나타날 것을 경계하여, 원래 입이 무거운 제가, 지금이야말로 마지막 운명을 걸 때다 하고 죽기 살기로 광대짓을 했지만, 지금 이 멍청한 호리키가, 무의식적으로, 그 광대 역할을 자진해서 맡아주고 있기에, 저는, 대답도 제대로 하지 않고, 그냥 흘려듣다가, 가끔, 진짜? 하고 웃으면 그만이었습니다.

술, 담배, 창녀, 그것은 전부, 인간 공포증을, 비록 잠깐이지만, 달랠 수 있는 꽤나 훌륭한 수단임을, 곧 깨닫게 되었습니다. 그 수단들을 얻기 위해서, 제가 가진 것 전부를 팔아버린대도 후회가 없다는 생각까지 품게 되었습니다.

저에게는, 창녀라는 존재가, 인간도, 여자도 아닌, 백치나 미치광이처럼 보여서, 그 품속에서, 저는 오히려 완전히 안심하고, 푹 잠들 수 있었습니다. 모두, 서글플 정도로, 진정 조금도 욕심이라는 것이 없었습니다. 그래서, 제게, 같은 부류의 인간이라는 친화감이라고 해야 하나, 그런 걸 느꼈는지, 저에게, 언제나, 그 창녀들은, 갑갑하지 않을 정도의 자연스러운 호의를 베풀었습니다. 어떤 계산도 없는 호의, 억지로 떠넘기지 않는 호의, 두 번 다시 오지 않을지도 모르는 이에 대한 호의, 저에게는, 그 백치나 미치광이 창녀들에게서, 성모 마리아의 후광을 실제로 보았던 밤도 있었습니다.

그러나, 저는, 인간에 대한 공포로부터 벗어나, 보잘것없는 하룻밤의 휴식을 구하기 위하여、그리로 가서、그야말로 저와 동류인 창녀들과 놀아나는 사이에、어느 틈엔가 무의식적인、어떤 혐오스러운 분위기를 주변에 항상 풍기게 된 것 같은 모양인데、이것이 제 자신도 전혀 예기치 못했던、말하자면 「얹어주는 부록」이었지만、점차로 그 「부록」이 선명하게 표면으로 떠올랐고、호리키에게 그것을 지적당하자、깜짝 놀랐고、그리고、불쾌한 기분이 들었습니다。옆에서 볼 때、속된 말을 쓰자면、저는、창녀를 이용해 여자 수행을 했고、게다가、최근 부쩍 솜씨가 늘어、여자 수행은、창녀를 이용하는 게 제일 힘들지만、또 그런 만큼 효과가 좋은 법이라서、이미、제게는、그 「선수」라는 냄새가 항상 따라다녔고、여자들은（창녀뿐 아니라）본능적으로 그걸 맡고 다가오게 되는、그런、추잡하고 불명예스러운 분위기를、「얹어주는 부록」으로 받고、그리고 그게、제 휴식 같은 것보다도、훨씬 두드러져 보이는 것 같았습니다。

호리키는 그것을 반은 아부로 말했던 것일 테지만、하지만、저 스스로도、가슴에 묵직하게 쬬이는 데가 있었는데, 예를 들면, 다방 아가씨에게 유치한 편지를 받은 기억도 있고, 사쿠라기초에 있는 집 이웃에 사는 장군의 스무 살쯤 되는 딸이, 매일 아침, 제가 등교할 시간이 되면, 별일도 없는 것 같은데, 자기 집 문을 엷은 화장을 하고 들락날락한다거나, 소고기를 먹으러 가면, 제가 입을 다물고 있어도, 이 여자 종업원이……, 또, 단골 담배 가게 아가씨가 건네준 담뱃갑 속에는……, 또, 가부키를 보러 가서는 옆자리에 앉은 사람에게……, 또, 심야 전차에서 제가 취해서 잠을 자고 있는데……, 또, 뜻하지 않게도 고향 친척집 딸로부터, 작심한 듯한 편지가 오고……, 또, 누군지 모르는 아가씨가 저 없는 사이에 손수 만든 것 같은 인형을……, 제가 극도로 소극적이라, 전부, 이야기는 딱 거기까지이며, 그저 일방적 마음, 그 이상의 진전은 전혀 없었습니다만, 뭔가 여자로 하여금 꿈을 꾸게 만드는 분위기가, 제 어딘가에 들러붙어 있다는 것, 그것은, 여자랑 잔 것을 자랑한다거나 하는 무책임한 농담이 아니라, 부정할 수 없는 일이었습니다. 저는, 그것을 호리키 같은 놈에게 지적당하고, 굴욕과 닮은 씁쓸함을 느끼는 동시에, 창녀와 노는 일에도, 갑자기 흥이 식었습니다.

호리키는, 또, 그 허영의 모던니티 때문에 (호리키의 경우, 그것 말고 다른 이유가 있다고는, 저로서는 지금까지도 생각할 수 없습니다만) 어느 날, 저를 공산주의 독서회인가 하는 (R·S[11]라고 했던가 기억이 확실히 나지 않습니다) 그런, 비밀 연구회에 데리고 갔습니다. 호리키 같은 인물에게는, 공산주의 비밀 모임도 그 「도쿄 안내」 가운데 하나쯤이었을지도 모릅니다. 저는 이른바 「동지」들에게 소개당했고, 팸플릿을 한 부 강매당했고, 그리고 상석에 앉은 지독하게 못생긴 얼굴을 가진 청년으로부터, 마르크스 경제학 강의를 들었습니다. 그러나, 저는, 그건 뻔한 소리 같은 거라 생각했습니다. 그건, 틀림없이 그렇겠지만, 인간의 마음속에는, 더욱 까닭을 알 수 없는, 무시무시한 것이 있다. 욕망, 이라 해도, 부족하고, 허영, 이라 해도, 부족하고, 색과 욕, 이렇게 둘을 늘어놓아도, 부족한, 무엇인지나 자신도 모르지만 인간 세상 밑바닥에、경제뿐만이 아닌、이상하게 괴담 같은 것이 있는 것 같은 기분이 들고、그 괴담에 무서워 벌벌 떨고 있는 저로서는、소위 유물론을、물이 낮은 곳으로 흘러가듯 자연스럽게 긍정하면서도、그러나、그로 인해、인간에 대한 공포로부터 해방되어、신록을 향해 눈을 뜨고、희망의 기쁨을 느끼는 따위의 일은 불가능했던 것입니다。그렇지만、저는、한 번도 결석하지 않고、그 R。S (라고 했던가 생각하지만、틀릴지도 모릅니다) 라는 모임에 출석하고、「동지」들이、마치 중대사라도 되는 양、굳은 표정을 지으며、하나 더하기 하나는 둘、이라는 식의 거의 초급 산수 같은 이론 연구에 빠져 있는 것이 우스꽝스럽게 보여 견딜 수 없었기에、저는 그、광대짓으로、모임을 느슨하게 만드는 데 힘썼고、그래서인지、점차로 연구회의 갑갑한 분위기도 풀려서、저는 그 모임에 없어서는 안 될 인기인이 되어버린 모양이었습니다。이、단순해 보이는 사람들은、저를、역시 자기들과 똑같이 단순하고、그리고、낙천적인 어릿광대 「동지」 정도로 생각했을지 모르겠습니다만、 만약、 그랬다면、 저는、 이 사람들을 하나부터 열까지、 속인 셈입니다。 저는 동지가 아니었던 겁니다。 그렇지만、 이 모임에、 항상 빠지지 않고 출석하여、 모두에게 광대짓 서비스를 했습니다。

좋아했기 때문입니다。 저는、 그 사람들이、 마음에 들었기 때문입니다。 그러나、 그것은 꼭 마르크스로 인해 맺어진 친애감은 아닙니다。

비합법。 저는、 그것이 희미하게 즐거웠던 것입니다。 차라리 마음 편했습니다。 세상에서 합법이라고 하는 것들이、 오히려 무섭고 (거기에서는、 무한히 강력한 무언가가 느껴집니다) 그 얼개를 이해할 수가 없어서、 도저히 그 창문 없는、 뼛속까지 시린 방에는 앉아 있지 못하고、 밖은 비합법의 바다라 해도、 거기에 뛰어들어 헤엄치다가、 드디어 죽음에 이르는 편이、 저로서는、 훨씬 홀가분할 것 같았습니다。

음지인、 이라는 말이 있습니다。 인간 세상에서、 비참한 패배자、 악덕자를 일컫는 말 같습니다만、 저는、 제가 태어날 때부터 음지인 같다는 생각이 들어、 사람들로부터、 저 사람은 음지인이야、 하고 손가락질당할 정도의 사람을 보면、 저는、 꼭、 다정한 마음이 드는 겁니다。 그리고、 그런 저의、 「다정한 마음」은、 저 스스로 황홀해질 정도로 다정한 마음이었습니다。

또、 범인의식(犯人意識)、 이라는 말도 있습니다。 저는、 이 인간 세상에서、 평생 그 의식에 시달리면서도、 그래도、 그것은 제 조강지처처럼 좋은 반려자여서、 그 녀석과 단 둘이 처량하게 노닥거리며 지내는 것도、 제 삶의 태도 가운데 하나였는지도 모르고、 또、 세상에는、 정강이에 상처가 있는 몸、 이라는 말도 있는 것 같은데、 그 상처는、 제가 갓난아기 때부터、 저절로 한쪽 정강이에 생겨、 크면서 치유되기는커녕、 점점 깊어지기만 하고、 뼈에까지 도달하여、 밤마다 고통은 천변만화하는 지옥이라고 하면서도、 그래도、 (이건、 매우 기묘한 말이긴 합니다만) 그 상처는、 점점 제 혈육보다도 친숙해져서、 그 상처의 아픔을、 곧、 상처의 살아있는 감정、 또는 애정 어린 속삭임 같다고 여기기까지 하는、 그런 사내에게、 그 지하운동 모임의 분위기가、 이상하게 안심이 되고, 마음이 편하고, 다시 말해, 그 운동의 본래 목적보다도, 그 운동의 껍데기가, 저와 맞는다는 느낌이었습니다. 호리키의 경우, 단지 바보 눈요기를 시켜주려, 한 번 저를 소개하러 그 모임에 왔을 뿐, 마르크스주의자는, 생산 부문 연구와 동시에, 소비 부문 시찰도 필요하다는 등 같잖은 헛소리를 지껄이며, 그 모임에는 얼씬도 하지 않고, 이래저래 저를, 그 소비 부문 시찰 쪽으로만 꾀어내고 싶어 했습니다. 생각해보면, 당시는, 다양한 형태의 마르크스주의자가 있었습니다. 호리키처럼, 현대적인 것에 대한 허영심 때문에, 그것을 자칭하는 자도 있고, 또 저처럼, 그저 비합법의 냄새가 마음에 들어, 거기에 눌러앉은 자도 있었는데, 만약, 이들의 실체를 진정한 마르크스주의 신봉자가 눈치 챘다면, 호리키나 저나, 열화와 같은 분노를 사고, 비열한 배신자가 되어, 당장 쫓겨났을 것입니다. 하지만, 저나, 또, 호리키조차도, 좀처럼 제명 처분을 당하지 않았고, 특히 저는, 그 비합법적 세계에 있는 것이, 합법적 신사들의 세계에 있는 것보다도, 오히려 마음이 느긋하고, 소위 「건강」하게 행동할 수 있었기 때문에, 촉망받는 「동지」로서, 웃음이 터질 정도로 과도하게 비밀스럽게 포장된, 갖가지 임무를 맡을 정도가 된 것입니다. 또, 사실, 저는, 그런 임무를 한 번도 거절한 적은 없고, 태연하게 뭐든지 받아들였는데, 이상하게도 어물거리다가, 개 (동지들은 경찰을 그렇게 불렀습니다) 한테 의심을 사 불심검문 같은 걸 받고 일을 그르친 적도 없었고, 웃으며, 또 웃기면서, 그 위험하다고 (그 운동을 하는 패거리들은, 중대사인 양 긴장하여, 어설픈 탐정소설 흉내 같은 것까지 내며, 극도로 경계를 했지만, 그러나 제게 맡기는 임무는, 그야말로 어이가 없을 정도로, 시시했습니다만, 그래도, 그들은, 그 일이 매우 위험하다는 듯 유난을 떨었습니다), 그들이 칭하는 임무를, 어쨌든 정확하게 해치웠습니다. 그때 저의 기분은, 당원으로 붙잡혀, 설령 평생 형무소에서 살게 되더라도, 상관이 없었습니다. 세상 사람의 「실생활」이라는 것을 두려워하면서, 매일 밤 불면의 지옥에서 신음하는 것보다는, 차라리 감옥이, 편할지도 모른다는 생각마저 했습니다。

아버지께서는、 사쿠라기초 별장에서、 손님 맞으시랴 외출하시랴、 한집에 있어도、 사흘이고 나흘이고 저와 얼굴을 마주칠 일이 없을 정도였는데、 그런데、 도무지、 아버지가 거북하고、 무서워서、 이 집을 나가、 어딘가 하숙이라도 해야겠다、 하고 생각하면서도、 그 말을 꺼내지 못하고 있던 참에、 아버지께서 그 집을 파실 생각 같다는 말을 별장 관리인 할아버지에게 들었습니다。

아버지의 의원 임기도 슬슬 만료가 가까워졌고、 이것저것 이유가 있는 게 틀림없겠지만、 이제 더는 선거에 나갈 의지도 없는 것 같고、 게다가、 고향에 한 채、 은거할 집도 지었고 해서、 도쿄에 미련도 없을 터라、 고작 고등학교 일개 학생에 불과한 저 때문에、 저택과 하인을 대주는 것도 낭비라고 생각하셨는지 (아버지의 마음 역시、 세상 사람들의 마음과 마찬가지로 저는 잘 모릅니다) 아무튼、 그 집은、 곧 다른 사람에게 넘어갔고、 저는、 혼고(本郷) 모리카와초(森川町)의 선유관(仙遊館)이라는 낡은 하숙집의

어두운 방으로 이사를 하였고, 그리고 금세 돈이 궁해졌습니다.

그때까지, 아버지로부터, 다달이, 일정한 액수의 용돈을 직접 받았는데, 그게 이삼 일 만에 없어지기는 했어도, 그래도, 담배나, 술이나, 치즈나, 과일은, 항상 집에 있었고, 책이나 학용품이나 그밖에, 복장에 관한 것 일체는 언제든, 근처 가게에서 소위 「달아둬」 한 마디면 구할 수 있었으며, 호리키에게 메밀국수나 튀김 덮밥 같을 걸 사줘도, 동네의 아버지 단골 가게라면, 저는 말없이 그 가게를 나와도 괜찮았습니다.

그러던 것이 갑자기, 혼자 하숙집 살이를 하게 되자, 무엇이든, 다달이 정해진 금액을 송금 받아 때워야만 했기에, 저는, 당황을 했습니다. 송금 받은 돈은, 역시 나, 이삼 일이면 사라졌고, 저는 겁이 나고, 불안함에 미칠 지경이 되어, 아버지, 형, 누나들에게 번갈아 돈을 부탁하는 전보와, 시시콜콜한 편지(그 편지로 호소한 사정은, 모두, 광대짓으로 꾸며낸 것이었습니다. 남에게 무언가 부탁하려면, 우선, 그 사람을 웃기는 게 상책이라고 생각했던 겁니다)를 연발하는 한편, 또, 호리키에게 배워서, 전당포를 부지런히 들락거렸지만, 늘 돈에 쪼들렸습니다.

결국, 저는, 아무런 연고도 없는 하숙집에서, 혼자 「생활」할 능력이 없었던 겁니다. 저는, 그 하숙집 방에, 혼자 꼼짝 않고 있는 게, 두려웠고, 당장에라도 누가 습격하여 일격을 가할 것 같은 기분이 들어, 거리로 뛰쳐나가, 그 운동을 거들거나, 혹은 호리키와 함께 싸구려 술집을 전전하거나 했고, 거의 학업도, 또 그림 공부도 포기했는데, 고등학교에 입학하고 두 해째 되던 십일월, 저보다 연상인 유부녀와 동반자살 사건 같은 걸 일으키면서 제 처지는 완전히 달라지고 말았습니다.

학교는 결석하고, 학과 공부도, 전혀 하지 않았는데, 그래도, 신기하게 시험문제를 푸는 요령이 좋은 것 같아서, 그럭저럭 그때까지는, 고향 식구들을 계속 속였지만, 하지만, 이제 슬슬, 출석 일수 부족 등, 학교 쪽에서 은밀히 고향에 계신 아버지께 보고가 간 모양으로, 아버지 대신으로 큰형님이, 엄중한 장문의 편지를, 제게 보내게 된 것입니다。 그렇지만、 그보다도、 제 직접적인 고통은、 돈이 없다는 것과、 그리고、 그 운동의 임무가、 심심풀이하는 기분으로는 불가능할 정도로、 격렬하고、 바빠졌다는 것이었습니다。 중앙지구였던가、 무슨 지구였던가、 아무튼 혼고(本郷)、 고이시카와(小石川)、 시타야(下谷)、 간다(神田)、 그 부근 학교 전체의、 마르크스 학생행동대 대장이라는 것이、 저는 되어 있었던 것입니다。 무장봉기、 라는 말을 듣고、 작은 칼을 사서 (지금 생각하면、 그건 연필을 깎기에도 모자랄、 가냘픈 칼이었습니다) 그걸、 레인코트 주머니에 넣고、 여기저기 쏘다니며、 소위 「연락」을 취했습니다。 술을 마시고、 푹 자고 싶다、 그러나、 돈이 없습니다。 게다가 P(당을、 그런 은어로 불렀다고 기억하고 있는데、 어쩌면、 아닐지도 모릅니다) 쪽에서는、 잇달아 숨 쉴 틈도 없을 정도로、 임무 의뢰가 들어왔습니다。 제 병약한 몸으로는、 도저히 감당할 수 없을 것 같은 지경이 되었습니다。 원래、 비합법에 대한 흥미만으로、 그 모임을 거들었던 것인데、 이렇게、 그야말로 말이 씨가 된 격으로、 너무나 바빠지자、 저는、 속으로 P 사람들에게、이거 정말 사람 잘못 보셨군요、당신네 부하들한테나 시키는게 어때요、하는 분한 감정이 드는 것을 금할 길 없어、도망쳤습니다。도망치니、과연、좋은 기분이 들진 않아서、죽기로 했습니다。

그 무렵、저에게 특별한 호의를 보내는 여자가、셋 있었습니다。하나는、제가 하숙하고 있는 선유관 딸이었습니다。이 처자는、제가 그 운동을 거들고 녹초가 되어 돌아와、밥도 먹지 않고 누워버리고 나면、꼭 편지지와 만년필을 가지고 제 방에 찾아와、

『실례해요、아래층에서는、동생들이 시끄럽게 해서、느긋하게 편지도 못 쓴다니까요』

라며、뭔가 제 책상에 앉아 한 시간도 넘게 끼적거리고 있는 겁니다。

저 역시 또、모른 체 하고 누워 있으면 될 것을、아무래도 그 아가씨가 뭔가 제가 말을 걸어주었으면 하는 눈치 같아서、그 수동적인 봉사 정신을 발휘하여、정말

이지 한 마디도 하고 싶지 않은 기분이었지만, 흐물흐물하게 지쳐버린 몸에 이음
하고 기합을 넣고 엎드려, 담배를 피우며,

『여자에게 온 러브레터로 목욕물을 데운 남자가 있다고 합니다』

『어머, 싫어요. 그쪽 얘기죠?』

『우유를 데워 먹은 적은 있습니다만』

『영광이네요. 이걸로도 데워 드세요』

얼른 이 사람, 안 가나, 편지라니, 뻔히 보이는데. 헤헤노노모헤지[12], 라도 쓴 게
분명합니다.

『보여줘요』

하고 죽어도 보고 싶지 않은 심정으로 그렇게 말하면, 어머, 싫어요, 어머, 싫어
요, 이러면서, 그 기뻐하는 꼴이, 너무 흉해서, 흥이 깨질 뿐입니다. 그래서 저는,
심부름이라도 시켜줘라, 하고 생각한 것입니다.

『미안한데, 큰길 약국에 가서, 칼모틴[13]을 사다줄래요? 너무 피곤해서, 얼굴이 화끈거리고, 오히려 잠이 안 오네요. 미안해요. 돈은……』

『됐어요, 돈 같은 건』

기꺼이 일어났습니다. 심부름을 시킨다는 것은, 결코 여자를 실망시키는 일이 아니고, 반대로 여자는, 남자에게 심부름을 부탁받으면, 기뻐한다는 것을, 저는 잘 알고 있었습니다.

또 하나는, 여자고등사범 문과생으로 이른바 「동지」였습니다. 이 사람은, 그 운동의 임무 때문에 싫어도 매일, 얼굴을 맞대야만 했습니다. 회의가 끝나도, 그 여자는, 계속 저를 따라다녔고, 그리고, 쓸데없이 제게, 물건을 사주는 것이었습니다.

『날 진짜 누나라고 생각해주었으면 해』

『그럴 생각입니다』

하고、근심어린 미소를 지으며 대답합니다。하여튼、화나게 하면、무섭다、어떻게든 해서、넘어가야 한다、오직 그 일념으로、저는 결국 그 못생기고、지긋지긋한 여자에게 봉사를 하고、그리고、물건을 사주면（그것은、실로 악취미한 물건들뿐이었고、저는 대개、곧장 그것을、꼬치구이집 아저씨 같은 사람한테 줘버렸습니다）기쁜 듯한 표정을 지으며、농담을 해서 웃겨주었는데、어느 여름밤、아무리 해도 집에 가려 하지를 않아서、길거리 후미진 곳에서、그 사람이 이제 가주었으면 하는 마음에서、키스를 해주었더니、한심하게도 광란한 것처럼 흥분하여、자동차를 불러、그 사람들의 운동을 위해 비밀리에 마련한 것 같은 건물 사무실 비슷한 좁은 방으로 데리고 가、아침까지 야단법석을 떨어、어처구니없는 누나다、하고 저는 몰래 쓴웃음을 지었습니다。

하숙집 딸이든、또 이 「동지」든、어찌 됐든、매일、얼굴을 마주쳐야만 하는 상황이라、지금까지의、여러 여자들처럼、용케 피하지 못하고、그만、어물어물하며、

그 불안한 마음 때문에, 이 두 사람 비위만 열심히 맞추다가, 어느새 저는, 옴짝달싹 못 하는 꼴이 되어 있었습니다.

같은 시기에 또한 저는, 긴자의 어느 큰 카페 여종업원에게, 생각지 못한 은혜를 입게 되었고, 딱 한번 만났을 뿐인데, 그런데도, 그 은혜가 마음에 걸려, 역시나 옴짝달싹 못 할 정도로, 걱정스러움과, 괜한 두려움을 느끼고 있었습니다. 그 무렵이 되자, 저는, 굳이 호리키의 안내를 받지 않고도, 혼자 전차도 타고, 또, 가부키 극장에도 가고, 또는, 점무늬 기모노를 입고 카페도 드나들 정도로, 약간의 뻔뻔함을 갖추게 되었습니다. 속으로는, 변함없이, 인간의 자만심과 폭력성을 의심하고, 무서워하고, 괴로워하면서, 겉으로만, 조금씩, 타인과 진지한 표정으로 인사를, 아니, 아니지, 저는 역시 패배한 광대의 고통스러운 웃음을 동반하지 않고서는, 인사를 할 수 없는 체질입니다만, 아무튼, 무아지경이 되어 쩔쩔매는 인사라도, 간신히 할 수 있을 정도의 「기량」을, 그 운동을 하느라 뛰어다닌 덕에? 또는, 여자들덕? 술? 그렇지만, 주로 금전적 부자유 덕분에 수련을 하게 된 것입니다。 어디에 있든, 무서워서, 오히려 큰 카페에서 많은 취객 또는 여종업원, 웨이터들과 부대끼면서, 섞여 들어갈 수 있다면, 나의 이 끊임없이 쫓기는 듯한 마음도 가라앉지 않을까, 하여, 십 엔을 들고, 긴자(銀座)에 있는 그 큰 카페에, 혼자 들어가, 웃으며 맞은편 여종업원에게,

『십 엔밖에 없으니까, 그쪽이 알아서 줘』

하고 말했습니다。

『걱정 마세요』

어딘가 간사이(関西) 사투리가 섞여 있었습니다。 그리고, 그 한마디가, 기묘하게 저의, 와들와들 떨리는 마음을 진정시켜주었습니다。 아닙니다, 돈 걱정이 필요 없어져서가 아닙니다, 그 사람 곁에 있는 것을 걱정할 필요 없을 것 같은 기분이 들었던 것입니다。

저는、술을 마셨습니다。그 사람에게 마음을 놓고 있어서、외려 광대 연기 따위 할 기분도 들지 않고、제 본성인 말없고 음침한 구석을 숨김없이 보이면서、조용히 술을 마셨습니다。

『이런 거 좋아해요?』

여자는、갖가지 요리를 제 앞에 늘어놓았습니다。저는 고개를 저었습니다。

『술만 좋아하시나? 저도 마실게요』

가을、쌀쌀한 밤이었습니다。저는、쓰네코[14] (라고 했던 것 같은데、기억이 희미해서、확실하지는 않습니다。동반자살 상대 이름조차 잊은 저입니다) 에게 들은 대로、긴자 뒷골목에 있는、어느 초밥 포장마차에서、맛대가리 없는 초밥을 먹으며、(그 사람 이름은 잊었지만、그때 초밥이 맛없었다는 것만은、어찌된 일인지、또렷이 기억에 남아 있습니다。그리고、능구렁이 같은 얼굴의、대머리 주인장이、고개를 건들건들、아무리 생각해도 빈말 같은 아부를 해가며 초밥을 쥐는 모습도、

눈앞에서 보는 듯 선명하게 떠올라, 훗날, 전차 같은 데서, 어디서 본 얼굴인데, 하고 이런저런 생각을 하다가 뭐야, 그때 그 초밥집 주인하고 닮았잖아, 하는 생각이 나서, 피식거린 적도 몇 번 있을 정도였습니다. 그 사람 이름도, 또, 얼굴 생김새마저 기억에서 멀어진 현재 역시, 그 초밥집 주인 얼굴만큼은 그림으로 그릴 수 있을 정도로 정확하게 기억하고 있다니, 어지간히 그때 초밥이 맛없었고, 제게 추위와 고통을 안겨주었던 것 같습니다. 원래, 저는, 누가 맛있는 초밥을 먹여준다며 데려간 곳에서 먹어도, 맛있다고 생각한 적은, 한 번도 없습니다. 너무 큰 겁니다. 엄지손가락만한 크기로 적당히 쥘 수는 없는 걸까, 하고 항상 생각했습니다) 그 사람을, 기다렸습니다. 혼조(本所)에 있는 목공소 이 층에, 그 사람은 세 들어 살았습니다. 저는, 그 이 층에서, 평소의 제 음울한 마음을 조금도 숨기지 않고, 지독한 치통에 시달리기라도 하는 것처럼, 한쪽 손으로 턱을 괴고, 차를 마셨습니다. 그리고, 저의 그러한 자태가 오히려, 그 사람 마음에 들었던 것 같습니다。 그 사람도、 주변에 차가운 바람이 몰아쳐、 낙엽만 미친 듯 춤추는、 완전히 고립된 느낌의 여자였습니다。

함께 자면서、 그 사람은、 저보다 두 살 연상인 것、 고향은 히로시마(広島)、 나는 남편이 있어、 히로시마에서 이발소를 했었지、 작년 봄、 같이 도쿄로 도망쳐 왔는데、 남편은、 도쿄에서、 변변한 직업도 없이 지내다 사기죄로 고소를 당해서、 형무소에 있어、 나는 매일、 이것저것 넣어주러 형무소를 왔다 갔다 했는데、 내일부터、 관둘 거야、 라는 둥、 이야기를 했지만、 저는、 웬일인지、 여자들의 신세타령이라는 것에는、 조금도 흥미를 가지지 않는 성격이라、 그건 여자들의 언변이 서툴러서인지、 다시 말하면、 이야기의 중점을 놓는 방법이 틀려서인지、 아무튼、 저는、 늘、 마이동풍이었습니다。

외로워。

저는、 여자들이 하는 천 마디 신세타령보다도、 그 한 마디 속삭임에 공감을 할

게 분명하다고 기대하고 있었지만, 이 세상 여자들에게, 끝끝내 한 번도 저는, 그 말을 들어본 적이 없다는 사실을, 기괴하고도 신기하게 생각합니다. 하지만, 그 사람은, 말로 「외로워」라고는 하지 않았습니다만, 지독한 무언의 외로움을, 몸 바깥쪽에 한 뼘쯤 되는 폭으로 기류처럼 지니고 있어서, 그 사람에게 다가가니, 제 몸도 그 기류에 휩싸여, 제가 가진 다소 가시 돋친 음울한 기류와 적당히 융합되면서, 「물 밑 바위에 가라앉은 낙엽[15]」처럼, 제 육신은, 공포로부터 불안으로부터, 멀어질 수 있었습니다.

저 백치 같은 창녀들 품속에서, 마음 놓고 푹 자는 느낌과는, 또 완전히 달라서, (먼저, 그 매춘부들은, 쾌활했습니다) 그 사기죄 범인의 아내와 보낸 하룻밤은, 저에게, 행복한 (이런 거창한 말을, 아무런 주저도 없이, 긍정하고 사용하는 일은, 제가 쓴 이 수기 전체에서, 두 번 다시 없을 것입니다) 해방감을 느끼게 해준 밤이었습니다.

하지만 오직 하룻밤이었습니다. 아침, 잠을 깨고, 벌떡 일어나니, 저는, 원래대로 경박하고, 가식적인 광대가 되어 있었습니다. 겁쟁이는, 행복조차 겁내는 법입니다. 솜에도 상처를 입습니다. 행복에 상처를 입기도 합니다. 상처 입기 전에, 서둘러서, 이대로, 헤어지고 싶다고 조바심 내며, 그 광대짓이라는 연막을 둘러쳤습니다.

『돈 떨어지는 날이 정 떨어지는 날, 이란 말은, 그건, 해석이 거꾸로야. 돈이 없어지면 여자한테 차인다는 뜻, 이 아니야. 남자가 돈이 떨어지면, 남자는, 저절로 의기소침해져서, 끝장이 나는데, 웃음소리에도 힘이 없고, 그리고 이상하게 삐딱해지거나 해서 말이지, 결국 이판사판 공사판이라는 심정으로, 남자가 여자를 차고, 미친놈처럼 차고 차고 끝까지 찬다는 뜻이야. 「가나자와 대사전」이라는 책에 의하면 말이지. 불쌍하게시리. 나도 그 마음 알지』

확실히, 그런 식으로 얼빠진 말을 해서, 쓰네코를 웃겼던 것 같은 기억이 납니다。궁둥이 무거워봤자 소용없다、이러다 일 난다 싶어、세수도 안 하고 부랴부랴 자리에서 일어났는데、그때 제가 했던、「돈 떨어지는 날이 정 떨어지는 날」이라고 멋대로 지껄인 말이、나중에、뜻밖의 사건으로 이어졌습니다。

그 후로 한 달、저는、그날 밤의 은인과는 만나지 않았습니다。헤어지자、날이 갈수록、기쁨은 엷어지고、한 번뿐이지만 은혜를 입었다는 사실이 도리어 왠지 두려워져、제멋대로 끔찍한 속박을 느끼게 되었고、그 카페에서 계산을、그때、전부 쓰네코가 부담하게 했다는 사소한 일조차、점점 마음에 걸리기 시작해、쓰네코 역시、하숙집 딸이나、그 여자고등사범 학생과 마찬가지로、저를 협박하기만 하는 여자라고 생각되어、멀리 떨어져 있지만、늘 쓰네코가 두려웠고、더구나 저는、같이 잔 적이 있는 여자를、다시 만나면、그 순간 갑자기 뭔가 불 같이 화를 낼 것 같은 기분이 들어 견딜 수가 없기에、만나기를 대단히 꺼려하는 성질이라、차츰、긴자는 가고 싶지만 멀리하는 모양새가 되었는데、그렇지만、그 꺼려하는 성질은、결코 제가 교활해서가 아니라、여자라는 존재는、자고 난 다음부터 아침、눈을 뜨기 전 사이의 일을、한 톨、먼지만큼도 관련짓지 않고、완전히 망각한 듯이、훌륭하게 두 세계를 단절시키고 살아간다는 불가사의한 현상을、아직 제대로 깨닫지 못했기 때문입니다。

십일월 말、저는、호리키와 간다(神田)에 있는 포장마차에서 싸구려 술을 마셨는데、이 몹쓸 친구는、그 포장마차를 나와서도、한잔 더 어딘가에서 마시자고 우겼고、이제 우리에게는 돈이 없는데、그런데도 마시자、마시자、하고 조르는 겁니다。그때、저는、술에 취해서 대담해지기도 했지만、

『좋아、그러면、꿈나라로 데려가주지。놀라지 마시라、「주지육림」이라는……』

『카페인가?』

『그래』

『가자!』

이렇게 되어 둘이서、전차를 탔고、호리키는、신이 나서、

『난、오늘 밤、여자가 고파。여종업원에게 키스해도 되나?』

저는、호리키가 그런 추태를 부리는 것을、그다지 좋아하지 않았습니다。호리키도、그걸 알고 있어서、제게 그런 다짐을 받은 것입니다。

『상관없어? 키스할 테다。내 옆에 앉은 여종업원한테、반드시 키스하고 말테다。괜찮지?』

『상관없어』

『고맙군! 난 여자가 고프다구!』

긴자 유흥가에 내려서、그 「주지육림」이라는 카페에、쓰네코를 믿고、거의 무일푼으로 들어가、빈자리에 호리키와 마주 앉은 순간、쓰네코와 다른 여종업원 하나가 달려와서는、그 다른 여종업원이 제 옆에、그리고 쓰네코는、호리키 옆에、털썩 앉는 바람에、저는、흠칫했습니다。쓰네코는、곧 키스당한다。

분하다는 감정이 아니었습니다. 저는, 원래 소유욕이라는 게 희박했고, 또, 때때로 어렴풋이 분한 마음은 들었어도, 그 소유권을 단호히 주장하며, 남과 싸울 정도의 기력이 없었습니다. 나중에, 저는, 제 사실상의 아내가, 능욕을 당하는 것을, 잠자코 지켜만 봤던 적도 있을 정도입니다.

저는, 사람들 다툼에 될 수 있으면 관여하고 싶지 않았습니다. 그 소용돌이에 휘말리는 것이, 무서웠습니다. 쓰네코와 저는, 하룻밤을 지낸 사이일 뿐입니다. 쓰네코는, 제 여자가 아닙니다. 분하다, 같은 지나친 욕심을, 제가 감당할 수 있을 리가 없습니다. 하지만, 흠칫했습니다.

제 눈앞에서, 호리키의 맹렬한 키스를 받을, 저 쓰네코의 신세를, 애처롭다 생각했기 때문입니다. 호리키에게 더럽혀진 쓰네코는, 나와 헤어지지 않으면 안 되겠지, 더구나 나한테도, 쓰네코를 붙잡을 만큼 적극적인 열의는 없다, 아아, 이제, 이걸로 끝이다, 하고 쓰네코의 불행에 한순간 멈칫했지만, 곧 저는 물처럼 고분고분 포기하고、호리키와 쓰네코의 얼굴을 번갈아 바라보며 싱글싱글 웃었습니다。

하지만、사태는、실로 어이없게도、더욱 안 좋게 전개되었습니다。

『관둘래!』

하고 호리키는 입술을 실룩거리며 말하고、

『아무리 나라고 해도、이런 궁상맞은 여자하고는……』

도저히 안 되겠다는 듯、팔짱을 끼더니 쓰네코를 빤히 쳐다보며、마지못해 웃는 겁니다。

『술。돈은 없어』

저는、작은 소리로 쓰네코에게 말했습니다。말 그대로、코가 삐뚤어지도록 마시고 싶은 기분이었습니다。소위 속물의 눈으로 보면、쓰네코는、취객도 키스할 가치를 못 느끼는、그저、초라하고、궁상맞은 여자였던 겁니다。정말로、뜻밖에도、저는 벼락을 맞은 기분이었습니다。저는、여태껏 그런 적이 없을 정도로、닥치는 대로、술을 마셨고、고주망태가 되도록 취해、쓰네코와 얼굴을 마주하고、서로 서글프게 미소를 지었는데、정말 그런 말을 듣고 보니、이 사람은 굉장히 피곤하고 궁상맞기만 한 여자로구나、하는 생각과 동시에、돈 없는 사람끼리의 친화감（빈부의 위화감은、진부한 것 같아도、역시 드라마의 영원한 테마 중 하나라고 저는 지금은 생각합니다만）그게、그 친화감이 가슴에 치밀어 올라、쓰네코가 가엾고、태어나서 이때 처음으로、제가 적극적으로、미약하나마、사랑하는 마음이 꿈틀대는 것을 자각했습니다。토했습니다。인사불성이 되었습니다。술을 마시고、이렇게 정신을 놓을 정도로 취한 것도、그때가 처음이었습니다。

눈을 뜨니、머리맡에 쓰네코가 앉아 있었습니다。혼조 목공소 이 층에 있는 방에 누워 있던 겁니다。

『돈 떨어지는 날이 정 떨어지는 날、이라고 하기에、농담인가 했더니、진심이야？안 오던 걸。정도 얄밉게 떼는군、내가、돈 벌어주면 안 되나？』

『안 돼』

그러고는, 여자도 누웠고, 새벽녘, 여자 입에서 「죽음」이라는 말이 처음 나왔는데, 여자도 인간으로서의 생활에 완전히 지친 것 같았고, 또, 저도, 세상에 대한 공포, 번거로움, 돈, 그 운동, 여자, 학업, 생각해보면, 도저히 이 이상 더 참으면서는 살 수 없을 것 같아서, 그 사람의 제안에 선뜻 동의했습니다.

하지만, 그때는 아직, 실제로 「죽자」는 느낌이 가오는 되어 있지 않았습니다. 어딘가 「놀이」라는 느낌이 잠재되어 있었습니다.

그날 오전, 둘이서 아사쿠사 유흥가를 방황하고 있었습니다. 다방에 들어가, 우유를 마셨습니다.

『자기가, 내고 와』

저는 일어서서, 소매에서 손지갑을 꺼내서, 열었는데, 동전이 세 닢, 수치라기보다 처참한 기분이 엄습했고, 이내 뇌리를 스친 것은, 선유관의 제 방, 교복과 이불

만 덩그러니 남아 있는, 이제는 더, 저당 잡힐 물건이 하나도 없는 황량한 방, 그것 말고는 지금 걸치고 있는 잠옷 기모노와, 망토, 이것이 내 현실이다, 살아갈 수 없다, 고 확실히 깨달았습니다. 제가 어쩔 줄 모르고 당황하니, 여자도 일어나, 제 지갑을 들여다보며,

『어머, 그게 다야?』

별 뜻 없는 소리였지만, 그게 또, 찌릿하고 뼈에 사무칠 정도로 아팠습니다. 처음으로 제가, 사랑한 사람의 목소리였던 만큼, 아팠습니다. 그게 다건, 이게 다건, 동전 세 닢은, 돈도 아닙니다. 그건, 제가 일찍이 맛본 적 없는 기묘한 굴욕이었습니다. 도저히 살아서는 견딜 수 없는 굴욕이었습니다. 아무래도 그 무렵 저는, 아직 부잣집 도련님이라는 생각에서 완전히 벗어나지 못했던 것 같습니다. 그때, 저는, 내가 앞장서서라도 죽자고, 실감하고, 결심했습니다.

그날 밤, 우리들은, 가마쿠라(鎌倉) 앞바다로 뛰어들었습니다. 여자는, 이 허리띠는

가게 친구한테 빌린 거니까, 하고는, 허리띠를 풀고, 잘 개어 바위 위에 두고, 저도 망토를 벗어, 같은 곳에 두고, 함께 물에 들어갔습니다。

여자는, 죽었습니다。그리고 저만 살았습니다。

제가 고등학교 학생이고, 또, 아버지 이름도, 어느 정도, 소위 뉴스로서 가치가 있었는지, 신문에도 꽤 큰 문제로 다루어진 모양이었습니다。

저는 바닷가 병원에 입원했고, 고향에서 친척 하나가 부랴부랴 올라와, 이런저런 뒤처리를 해주었고, 그리고, 시골에 아버지를 비롯해 가족 모두가 노발대발하고 있으니, 이걸로 본가와는 의절하게 될 지도 모른다, 는 말을 제게 전하고 돌아갔습니다。그러나 저는, 그런 것보다, 죽은 쓰네코가 그리워서 울기만 했습니다。정말로, 지금까지 만난 사람 중에서, 그 궁상맞은 쓰네코만을, 좋아했으니까요。

하숙집 딸에게, 단가를 오십 편이나 이어 쓴 장황한 편지가 왔습니다。「살아줘요」라는 이상한 말로 시작하는 단가만, 오십 편이었습니다。또, 제 병실에, 간호

사들이 밝게 웃으며 불러 왔는데, 제 손을 꼭 잡아보고 가는 간호사도 있었습니다.

제 왼쪽 폐에 이상이 있는 것을, 그 병원에서 발견했고, 그게 매우 좋은 핑계거리가 되었는데, 얼마 안 있어 저는 자살방조죄라는 죄명으로 병원에서 경찰에게 연행되어 갔지만, 경찰에서는, 저를 환자로 대해주어, 특별히 보호실에 수용시켰습니다.

깊은 밤, 보호실 옆 숙직실에서, 불침번을 서고 있던 나이 든 순경이, 방문을 살짝 열고,

『어이!』

하고 저에게 말을 걸더니,

『춥겠어. 이리 와, 불 좀 쬐』

하고 말했습니다.

저는, 일부러 비실비실 숙직실로 들어가서, 의자에 앉아 화롯불을 쬐었습니다.

『역시、죽은 여자가 그리울 테지』

『예』

더더욱、기어들어가는 가느다란 목소리로 대답했습니다。

『그런게、결국 인정이란 거지』

그는 점점、대담해졌습니다。

『처음으로 여자와 관계를 맺은 곳은 어디인가?』

거의 판사처럼、거드름을 피우며 질문하는 것이었습니다。그는 저를 어리다고 깔보고、지루한 가을밤、마치 자기가 취조 담당인 양 행세를 하며、제게서 음란한 이야기를 끌어내려는 속셈 같았습니다。저는 재빨리 그것을 꿰뚫어보고、웃음이 터지려는 것을 참느라 혼이 났습니다。그런 순경의 「비공식적인 신문」에는、일체 답을 거부해도 상관없다는 것은、저도 알고 있었지만、하지만、긴 가을밤、흥을 돋우기 위해、저는 어디까지나 순순히、그 순경이야말로 취조 담당이며、형벌의 경중을 결정하는 것도 그 순경의 뜻에 달려 있다, 는 사실을 굳게 믿어 의심치 않는다는 듯 이른바 성의를 표하며, 그의 음란한 호기심을 얼마쯤 만족시킬 수 있을 정도의 적당한 「진술」을 했습니다.

『음, 대충 알겠군. 뭐든지 정직하게 대답하면, 우리 쪽에서도 그 부분은 정상참작을 하겠다』

『감사합니다. 잘 부탁드립니다』

저의 신들린 연기였습니다. 그리고, 저를 위해서는, 무엇도, 하나도, 득 될 게 없는 열연이었습니다.

날이 밝자, 저는 서장에게 불려갔습니다. 이번에는 본격적인 취조였습니다.

문을 열고, 서장실에 들어선 순간,

『오, 잘생겼군. 이건, 자네 잘못이 아니야. 이런 미남으로 낳아준 자네 어머니 잘못이지』

얼굴이 거무잡잡하고, 대학졸업자 같은 느낌이 나는 아직 젊은 서장이었습니다. 느닷없이 그런 말을 듣고 저는, 제 얼굴 반쪽에 철썩 붉은 점이라도 들러붙은 것 같은, 흉측한 불구자 같은, 참혹한 기분이 들었습니다.

이 유도나 검도 선수 같은 서장의 취조는, 실로 깔끔해서, 깊은 밤 노순경의 은밀하고 집요하기 이를 데 없는 음란한 「취조」와는, 하늘과 땅만큼 차이가 있었습니다. 신문이 끝나고, 서장은, 검사국에 보낼 서류를 작성하면서,

『몸이 건강해야지, 안 그러면 안 돼. 혈담이 나온다잖아』

하고 말했습니다.

그날 아침, 이상하게 기침이 나와서, 저는 기침이 나올 때마다, 손수건으로 입을 가렸습니다만, 그 손수건에 빨간 싸락눈이 내린 것처럼 피가 묻어 있었습니다. 하지만, 그건, 목구멍에서 나온 피가 아니고, 간밤에, 귀 아래 생긴 작은 종기를 만지작거렸는데, 그 종기에서 나온 피였습니다. 그러나, 저는, 그 사실을 밝히지 않

는 편이、 좋을 것도 같다는 느낌이 퍼뜩 들어서、 그냥、

『예』

하고 눈을 내리깔고、 기특한 대답을 해두었습니다。

서장은 서류 작성을 마치고、

『기소할지 어떨지、 그건 검사 양반이 정할 일이지만、 자네 신원 인수인에게、 전보나 전화로、 오늘 요코하마(横浜)에 있는 검사국으로 와달라고 부탁하는 게 좋을 거야。 누군가、 있을 거야、 자네 보호자나 보증인이나』

아버지의 도쿄 별장에 드나들던 미술골동품 상인 시부타(渋田)라고、 저희 고향 사람인데、 아버지 심부름꾼 비슷한 일도 맡아 하던 땅딸막하고 독신인 사십 줄 사내가、 제 학교 보증인으로 되어 있는 것을、 저는 떠올렸습니다。 그 남자 얼굴이、 특히 눈매가 넙치를 닮았다고 해서、 아버지께서는 그 남자를 「넙치」라고 부르셨고、 저도、 그렇게 부르는 게 익숙했습니다。

저는 경찰서 전화번호부를 빌려 넙치네 전화번호를 찾아내서, 넙치에게 전화하여, 요코하마 검사국으로 와주었으면 하고 부탁했더니, 넙치는 딴 사람이 된 것 같은 거만한 말투로, 하지만 어쨌든 인수인이 되어주었습니다.

『이봐, 그 전화기, 바로 소독하는 게 좋을 거야. 아무래도 혈담이 나오니까』

제가, 다시 보호실로 돌아간 뒤, 순경들에게 그렇게 잔소리를 하는 서장의 커다란 목소리가, 보호실에 앉아 있는 제 귀에까지 닿았습니다.

정오가 조금 지났을 무렵, 저는, 가느다란 노끈에 몸이 묶였는데, 그게, 망토로 가려도 좋다는 허락을 받았으나, 그 노끈 끄트머리는 젊은 순경이, 꼭 쥔 채로, 둘이 함께 전차를 타고 요코하마로 향했습니다.

그러나, 저는 조금도 불안하지 않았고, 그 경찰서 보호실도, 노순경도 그리워져서, 아아, 나는 어째서 이런 걸까요, 죄인이 되어 꽁꽁 묶여 있으니, 오히려 마음이 놓이고, 그리고 차분하게 진정이 되어, 그때의 추억을, 지금 써내려가는 중에도、정말 마음이 편하고 즐거워집니다。

하지만、당시의 그리운 추억 중에서도、오직 하나、등골이 오싹해지는、평생 잊지 못할 비참한 실패가 있었습니다。저는、검사국 어느 어두침침한 방에서、검사에게 간단한 취조를 받았습니다。검사는 사십 전후의 차분하고、(만약 제 미모가 출중했다 해도、그건 말하자면、음탕한 미모였음에 틀림없지만、그 검사의 얼굴은、반듯한 미모、라고 해야 하나、총명하고 침착한 분위기를 가지고 있었습니다) 좀스럽지 않은 성격 같았습니다。저도 전혀 경계하지 않고、넋을 놓고 진술을 했는데、돌연、그 기침이 나와서、저는 소매에서 손수건을 꺼냈는데、문득 그 피를 보고、이 기침이 또 무슨 도움이 될지도 모른다고 한심한 수작을 부릴 생각이 일어 콜록、콜록、하고 딱 두 번、덤으로 가짜 기침을 요란스레 덧붙여、손수건으로 입을 가린 채 검사의 얼굴을 힐끗 보았던、위기일발의 순간、

『진짜냐?』

차분한 미소였습니다。식은땀이 줄줄、아니、지금 생각해도、쥐구멍이라도 찾고 싶어집니다。중학교 때、그 멍청이 다케이치에게 일、부、러、일、부、러、라는 말을 듣고 등 뒤를 칼에 찔려、지옥의 구렁텅이에 떨어졌던、그때 심정보다 더하다고 해도、결코 과언이 아니었습니다。그때와 지금、두 번이、제 연기 인생에서 저지른 대실패의 기록입니다。검사에게 그런 조곤조곤한 모멸을 받느니、십 년 형을 선고 받는 게 훨씬、나았을 거라는 생각까지、가끔 들 정도입니다。

저는 기소유예가 되었습니다。하지만 전혀 기쁘지 않았고、너무나 참혹한 마음으로、검사국 대기실 벤치에 걸터앉아、저를 데려갈 넙치가 오기를 기다렸습니다。

등 뒤 높다란 창문으로 노을 진 하늘이 보이고、갈매기가 계집 「녀女」자 모습으로 날고 있었습니다。

세 번째 수기

1

다케이치가 했던 예언 중、 하나는 맞았고、 하나는、 틀렸습니다。 여자들이 제게 홀릴 거라는、 명예롭지 못한 예언은、 적중했지만、 분명 위대한 화가가 될 거라는、 축복의 예언은、 빗나갔습니다。

저는、 고작、 형편없는 잡지의、 어설픈 무명 만화가가 되었을 뿐입니다。

가마쿠라 사건 때문에、 고등학교에서 쫓겨난 저는、 넙치네 집 이 층、 다다미 석 장짜리 골방에 기거했는데、 고향에서는 다달이、 극히 적은 액수의 돈을、 그것도 직접 제 앞으로가 아니라、넙치 쪽으로 은밀히 부치는 상황이었지만、(게다가、그건 고향에 있는 형님들이、아버지 몰래 보내준다는 식이었습니다) 딱 거기까지、그밖에는 고향과 연줄이 모조리 끊어져버렸고、그리고、넙치는 늘 언짢아서、제가 사근 웃어도、웃어주지 않고、인간이라는 존재는 이리도 손쉽게、말 그대로 손바닥 뒤집듯 쉬이 변할 수 있는 것인가、하고 한심하게、아니、오히려 우스워 보일 정도로 확 달라진 모습으로、

『나가면 안 됩니다。아무튼 나가지 마세요』

그 말만 했습니다。

넙치는、저에게 자살할 우려가 있다고、감시하는 것처럼、다시 말해、여자 뒤를 따라 다시 바다로 뛰어들거나 할 위험이 있다고 봤는지、제가 외출하는 것을 단단히 금했습니다。하지만、술도 못 마셔、담배도 못 피워、그저 아침부터 밤까지 이층 다다미 석 장짜리 방 고다쓰[16]에 들어가 오래된 잡지 따위를 읽으며 바보처럼 세

월을 보내고 있던 저는、 자살할 기력조차 잃어버린 상태였습니다。

넙치의 집은、 오쿠보 의학 전문학교 근처에 있었는데、 서화골동상(書画骨董商) 청룡원(青竜園)이라고 했던가、 간판 글씨만큼은 꽤나 거창했지만、 건물 한 채를 둘로 갈라、 그중 한쪽을 쓰고 있었고、 가게 입구도 좁고 가게 안도 먼지투성이인데다、 시원찮은 잡동사니만 늘어놓았고、（하긴、 넙치는 그 가게 잡동사니로 장사를 하는 게 아니라、 말하자면 이쪽 나으리의 비밀스런 소장품을 저쪽 나으리에게 소유권을 옮겨주는 분야에서 활약을 하며、 돈을 꽤 벌고 있는 것 같습니다） 가게에 앉아 있는 일도 거의 없어서、 대개 아침부터、 심각한 표정으로 허둥지둥 외출을 했는데、 가게를 비울 때는 열일곱 여덟 정도 되는 어린 남자 점원이 하나 있고、 이게 저를 감시하는 보초인 셈인데、 틈만 나면 동네 아이들과 밖에서 캐치볼을 하면서도、 이 층 식객을 마치 바보나 미치광이쯤으로 여기는지、 노인네 귀찮은 잔소리하듯 제게 훈계까지 해댔고、 저는、 남과 말싸움을 못 하는 성격이라、 지쳤다는、 또는、 감동했다는 표정으로 그 말에 귀를 기울이며 복종했습니다. 이 점원은 시부타의 숨겨둔 자식인데, 거기에도 나름 사정이 있어서, 시부타는 소위 친자관계를 밝히지 않았고, 또 시부타가 계속 혼자 사는 것도, 뭔가 그만한 이유가 있어서 그런 듯하다고, 저도 예전에, 저희 집 사람들에게 그에 관한 소문을 조금 들은 것 같기도 합니다만, 저는, 도무지, 다른 사람 신세타령에는, 그다지 흥미를 못 느끼는 편이라, 자세한 이야기는 아무것도 모릅니다. 그러나, 그 아이 눈매에도, 묘하게 생선 눈을 연상케 하는 구석이 있었기 때문에, 어쩌면, 정말로 넙치의 숨겨둔 자식……, 이라도 되는 걸까 하는 생각이 들었는데, 그렇다면, 두 사람은 실로 쓸쓸한 아버지와 아들입니다. 밤늦게, 이 층에 있는 저 몰래, 둘이서 메밀국수 같은 걸 시켜서 말없이 먹은 일이 있었습니다.

넙치 집에서는 밥은 언제나 그 점원 아이가 지었는데, 이 층에 사는 성가신 인간의 밥상만 따로 차려서 하루 세 번씩 이층으로 날라주었고, 넙치와 점원은, 계단 밑 다다미 넉 장 반짜리 음침한 방에서 뭔가, 빨그락빨그락 그릇 부딪는 소리를 내며, 분주하게 식사를 하는 것이었습니다。

삼월 말 어느 저녁, 넙치는 예상 못한 돈벌이라도 생겼는지, 아니면 뭔가 다른 속셈이라도 있었는지, (그 두 가지 짐작이, 동시에 들어맞았다 하더라도, 어쩌면, 거기에 몇 가지인가, 저로서는 도저히 헤아리지 못할 세세한 원인도 더 있었겠지만) 저를 계단 밑, 보기 드물게 술병까지 올린 식탁으로 부르더니, 넙치회도 아닌 참치회에, 상을 차린 주인 스스로 감탄하고 자화자찬하면서, 멀뚱거리는 식객에게도 술을 조금 따라주더니,

『어쩔 작정인가요, 대체, 앞으로는』

저는 그 말에 대답하지 않은 채, 식탁 위에 놓인 접시에서 정어리포를 집어 들고, 그 작은 물고기들의 은색 눈알을 바라보고 있었는데, 취기가 스멀스멀 올라와, 여기저기 놀러 다니던 그 시절이 그리워서, 호리키마저 그리워서, 정말이지 「자

유」가 그리워서、문득、소리 죽여 울 것만 같았습니다。

제가 이 집으로 온 다음부터는、광대짓을 할 의욕조차 없어져서、그저 넙치와 점원의 멸시 속에 살았는데、넙치 쪽도 또한、저와 툭 터놓고 길게 이야기하는 것을 피하는 눈치였고、저도 그 넙치를 쫓아다니며 무언가를 하소연할 마음 같은 것은 들지 않았기에、거의 저는、완전히 얼간이 낯짝을 한 밥벌레가 되어버렸습니다。

『기소유예라는 게、전과 몇 범이라든가、그렇게는 안 되는 모양입니다。그러니까、그、도련님 마음먹기에 따라 다시 태어날 수도 있다는 거지요。도련님이、만약、마음을 고쳐먹고、그쪽에서 먼저、나한테 진지하게 상담을 해준다면、나도 생각해보겠습니다』

넙치의 말투에는、아니、세상 모든 사람의 말투에는、이런 어렵고、어딘가 몽롱한、도망갈 구멍처럼 들리는 미묘하고 복잡한 구석이 있었고、거의 도움이 안 될 것 같다고 여겨질 정도로 엄중한 경계심과 셀 수 없다고 해도 될 정도로 많은 성가신 꿍꿍이에, 늘 저는 당혹감을 느껴서, 될 대로 되라는 심정으로, 광대짓으로 얼버무리거나, 또는 말없이 고개를 끄덕여 모든 것을 넘긴다는, 이른바 패배자의 태도를 취하고 마는 겁니다.

이때도 넙치가, 제게, 대충 다음과 같이 간단하게 말했다면, 그걸로 해결될 일이었다고 저는 나중이 되어서야 알았고, 넙치의 불필요한 조심성, 아니, 세상 사람들의 이해할 수 없는 허세, 체면치레에, 너무나도 음울한 기분이 들었습니다.

넙치는, 그때, 그냥 이렇게 말하면 좋았을 것입니다.

『관립이나 사립이나, 아무튼 사월부터, 어딘가 학교에 들어가세요. 도련님 생활비는, 학교에 들어가면, 시골에서, 좀 더 넉넉히 보내주기로 되어 있거든요』

훨씬 나중에야 알게 되었지만, 사실은, 그렇게 하기로 되어 있었던 겁니다. 그러면, 저도 그 말에 따랐겠지요. 그런데 쓸데없이 조심성만 잔뜩 빙빙 돌려서 말하는 넙치의 말투 때문에, 이상하게 일이 꼬여, 제 인생의 방향도 완전히 바뀌어버리고 돈은, 시골에서 보내기로 되어 있으니까, 라고 왜 그 한마디를 하지 않았을까요.

『저야, 돈이 들지요. 하지만, 문제는, 돈이 아니라요. 도련님 마음입니다』

『그치만, 학교에 들어간다고 해도……』

『아니, 도련님 마음이, 도대체 어떠냐구요』

『일을 하는 게 좋을까요?』

『예를 들면이라, 도련님 자신, 이제부터 어떻게 할 셈이냐구요』

『예를 들면요?』

『그건, 도련님 마음속에 있겠지요』

저는, 정말로 아무것도 짐작이 가질 않았습니다.

『어떤 상담요?』

『진지하게 나와 상담을 할 생각이 없다면, 도리가 없습니다만』

말았습니다.

그 한마디에, 제 마음도, 정해졌을 텐데, 저는 그저 오리무중이었습니다。

『어떤가요? 뭔가, 장래 희망, 이라고 하는 게, 있나요? 대체, 정말, 사람 하나 뒷바라지하는 게, 얼마나 힘든 건지, 않해사는 사람은 모를 겁니다』

『죄송합니다』

『저, 정말, 작정이군요。 나도, 일단 도련님 치다꺼리를 맡은 이상, 도련님이 어중간한 마음으로 대충대충 지내지 않았으면 합니다。 멋지게 새로운 인생의 길을 걷겠다, 이런 각오 정도는 보여주셨사 하는 거지요。 예를 들면, 앞으로의 계획이라든가, 그런 것을 먼저 나한테, 진지하게 상담한다면, 나도 그 상담에 응할 생각입니다。 그건, 어쨌든 이런, 가난한 넙치가 돕는 거니까, 옛날 같은 호강을 원한다면, 번지수가 틀린 거구요。 하지만, 도련님이 마음을 단단히 먹고, 장래 계획을 확실히 세우고, 그리고 나한테 상담을 한다면, 나는, 비록 미약하나마, 도련님 새 출발을 위해서, 거들겠다는 생각을 하고 있습니다。 아시겠어요? 내 마음을。 대체,

도련님、 이제부터 어쩔 작정인가요?』

『여기 이 층에、 신세를 질 수 없다면、 일을 해서……』

『진심으로、 그런 말을 하는 건가요? 지금 같은 세상에、 설령 제국대학교(帝国大学校)를 나왔다고 해도……』

『아뇨、 샐러리맨이 되겠다는 게 아니고요』

『그럼、 뭔가요?』

『화가요』

눈을 딱 감고 그렇게 말했습니다。

『네에?』

저는、 그때 목을 움츠리고 웃던 넙치의 얼굴에 드리워진、 너무나도 교활한 그림자를 잊을 수가 없습니다。 경멸의 그림자와도 닮은、 혹은 닮지 않은、 세상을 바다로 비유하자면、 그 바다 천 길 깊은 곳에、 그런 기묘한 그림자가 떠다닐 것만 같아서, 뭔가, 어른들의 삶 밑바닥을 훑듯 보여주는 듯한 비웃음이었습니다.

그런 건 말도 뭣도 안 된다, 정신을 하나도 못 차렸다, 생각 좀 해라, 오늘 하룻밤 동안 진지하게 생각해봐라, 라는 말을 듣고, 저는 쫓기듯 이 층으로 올라가, 누웠지만, 별로 아무런 생각도 떠오르지 않았습니다. 그리고, 새벽이 되어, 넙치 집에서 도망쳤습니다.

저녁에, 틀림없이 돌아오겠습니다. 여기 적어둔 친구 집에, 장래 계획에 대해 상담하러 다녀오는 것이니, 심려 마시길. 정말입니다.

하고, 편지지에 연필로 크게 쓰고, 그리고, 아사쿠사에 사는 호리키 마사오의 주소와 성명을 적고, 살금살금, 넙치 집을 나왔습니다.

넙치에게 설교를 들은 것이, 분해서 도망친 게 아니었습니다. 확실히 저는, 넙치 말대로, 정신을 못 차린 남자라, 장래 계획이고 뭐고 저는 전혀 짐작 가는 게 없었고, 더군다나, 넙치 집에 신세를 지는 것은, 넙치에게도 딱한 일인데, 그러다가,

혹시 만약、저에게 분발할 마음이 생겨、뜻을 세운다 한들、그 갱생 자금을 저 가난한 넙치에게 다달이 원조를 받아야 하는 건가 생각하니、도저히 미안함에 마음이 괴로워서 배길 수가 없는 심정이 되었기 때문입니다。

그러나、저는、소위 「장래의 계획」을 호리키 같은 자식에게、상담하러 가자고 진심으로 생각해서、넙치 집을 나온 것은 아니었습니다。그건、그저、조금이라도、잠깐이라도、넙치를 안심시켜주고 싶어서、(그 틈에 제가、조금이라도 먼 곳으로 도망치고 싶다는 탐정소설적인 책략 때문에、그런 편지를 남겼다、기보다는、아니、그런 마음도 어렴풋이 있었던 것은 틀림없지만、그보다도、역시 저는、갑자기 넙치에게 충격을 주어 그를 혼란당혹케 하는 것이、두려웠을 뿐、이라고 하는 편이 어느 정도 정확할지도 모릅니다。어차피、들킬 게 뻔한데도、그대로 말하는 게 두려워서、꼭 무언가 꾸며내 덧붙이는 것이、저의 애처로운 버릇 중 하나인데、그것은 세상 사람들이、「거짓말쟁이」라고 부르며 멸시하는 성격과 비슷하지만、하지만、 저는 제 잇속을 챙기려고 꾸며낸 적은 거의 없고、 그냥 분위기가 썰렁한 상황이 질식할 만큼 무서워서、 나중에 제게 불이익이 되리라는 걸 알지만、 저의 그 「필사적인 봉사」 그것이 설사 뒤틀리고 미약하며、 바보 같은 짓이라 할지라도、 그 봉사하는 마음에서、 저도 모르게 그만 한마디 꾸며내어 덧붙여버리는 경우가 많았던 것 같습니다만、 하지만、 그 습성도 또한、 세상의 소위 「정직한 사람」들로부터、 호되게 이용당하는 구실이 되었습니다） 그때、 퍼뜩、 기억 밑바닥에서 떠오른 대로 호리키의 주소와 이름을、 편지지에 적게 되었던 것입니다。

저는 넙치 집을 나와、 신주쿠(新宿)까지 걸어갔고、 품속에 가지고 있던 책을 팔았는데、 그러고 나서、 역시나 망연자실하고 말았습니다。 저는、 누구에게나 붙임성은 좋은 대신、 「우정」이라는 것을、 한 번도 실감한 적이 없고、 호리키처럼 놀 때만 만나는 친구를 빼면、 모든 교제는、 그저 고통만 느낄 뿐이며、 그 고통을 덜어보려고 열심히 광대짓을 하다가、 오히려、 지쳐 곤죽이 되다보니、 조금이라도 아는 사람 얼굴을、 그와 닮은 얼굴이라도、 길 같은 데서 얼핏 보면、 철렁하여、 일순간、 현기증이 날 정도로 불쾌한 전율에 사로잡히는 꼬락서니라、 사람에게 호감을 사는 법은 알지만、 사람을 사랑하는 능력에는 결여된 부분이 있는 모양입니다。 (하긴、 저는、 세상 사람들에게도、 과연、 「사랑」하는 능력이 있는지 없는지、 매우 의문스럽습니다) 그런 저에게、 소위 「친구」 따위가 생길 리 없고、 게다가 저에게는 소위 「방문」하는 능력조차 없었던 것입니다。 남의 집 문은、 제게 있어、 저 신곡의 지옥문 이상으로 섬뜩하고、 그 문 안쪽에는、 무시무시한 용 같은 추악한 괴수가 꿈틀대고 있다는 낌새가、 과장이 아니라、 실제로 느껴졌습니다。

누구와도、 친하지 않다。 아무데도、 방문할 데가 없다。

호리키。

그야말로 말이 씨가 된 격입니다。 그 편지에、 쓴 대로、 저는 아사쿠사에 사는 호리키를 찾아가기로 했습니다。 저는 지금까지、 제 쪽에서 먼저 호리키 집을 찾아간 적은、 한 번도 없고、 대개 전보로 호리키를 제 쪽으로 불러들였습니다만、 지금은 그 전보 요금조차 신경이 쓰이고、 게다가 빈털터리 몸이라는 자격지심 때문에、 전보를 치기만 해서는、 호리키는 나오지 않을지도 모른다고 생각하여、 무엇보다도 제게 고역인 「방문」을 결심、 한숨을 내뱉고 전차에 올라、 제게 있어、 세상에 딱 하나、 의지할 대상은、 그 호리키뿐인가、 하고 생각하니、 왠지 등줄기가 오싹해질 정도로 기가 막힌 심정에 사로잡혔습니다。

호리키는、 집에 있었습니다。 지저분한 골목 안쪽、 이층집인데、 호리키는 이 층에 하나뿐인 다다미 여섯 장짜리 방을 썼고、 아래층에서는、 호리키의 연로하신 부모님과 그리고 젊은 기술자 이렇게 셋이서、 끈을 꿰거나 두드려가며 나막신을 만들고 있었습니다。

호리키는、 그날、 도시인이 가진 새로운 일면을 제게 보여주었습니다。 그것은、 속되게 말해 깍쟁이 기질이었습니다。 시골 촌놈인 제가、 아연실색하여 눈이 휘둥그레질 정도로, 차갑고 교활한 이기주의였습니다. 저처럼, 그저 한없이 흘러 다니는 체질의 남자가 아니었던 겁니다.

『너한텐 두 손 두 발 다 들었다. 아버님께서, 용서하셨냐. 아니면 아직이냐』

도망쳤다, 라고는, 말하지 못했습니다.

저는, 언제나 그렇듯, 얼버무렸습니다. 이제, 당장, 호리키에게 들킬 것이 뻔한데, 얼버무렸습니다.

『그건, 어떻게든 되겠지』

『이봐, 웃을 일이 아니라구. 충고하는데, 바보짓도 이쯤에서 그만둬. 나는, 오늘은, 일이 있는데 말야. 요즘, 되게 바쁘거든』

『일이라니, 무슨?』

『야, 야, 방석 실 뜯지 말라구』

저는 이야기를 하면서, 제가 깔고 앉은 방석의 매듭실이라고 하나, 묶음끈이라고 하나、방석 네 귀퉁이에 달린 술처럼 생긴 것의 실 한 가닥을 무의식중에 손가락 끝으로 만지작거리며、쭉 잡아당기기도 했던 것입니다。호리키는 자기 집 물건이라면、방석 실 한 올도 아깝다는 듯、부끄러운 기색도 없이、그야말로、눈에 불을 켜고、저를 타박했습니다。생각해보면、호리키는、지금까지 저와 사귀면서、무엇 하나 잃지 않았습니다。

호리키의 노모가、단팥죽 두 그릇을 쟁반에 올려 내왔습니다。

『아、이거』

하고 호리키는、진정으로 효자처럼、노모에게 황송해하며、말투 역시 어색할 정도로 정중하게、

『감사합니다。단팥죽인가요? 죄송스럽게。이렇게까지 신경 안 쓰셔도 되는데。일 때문에、곧 외출해야 해서요。아니、그렇지만、모처럼 솜씨를 발휘하신 단팥죽을、아깝게。잘 먹겠습니다。자네도 한 그릇、어때? 우리 노인네가、일부러 만든 거야。 아아、 이거、 맛있네。 굉장하구만』

하고、 아주 마음에도 없는 연극은 아닌 듯、 과하게 기뻐하며、 맛있게 먹는 겁니다。 저도 그걸 호로록거렸는데、 데운 물 같은 비린내가 났고、 그리고、 새알심을 먹었더니、 그건 떡이 아니라、 뭔지 모를 것이었습니다。 절대、 그 가난을 경멸하는 게 아닙니다。 (저는、 그때 그것을、 맛없다고는 생각하지 않았고、 또、 노모의 정성도 가슴에 사무쳤습니다。 저는、 가난은 두려워해도、 경멸은 하지 않습니다) 그 단팥죽과、 그리고、 그 단팥죽을 기뻐하는 호리키로 인해、 저는 도시인의 검소한 본성、 또 안과 밖을 확실히 구별하고 살아가는 도쿄 사람들의 가정의 실체를 보았고、 안이나 밖이나 다름없이 그저 쉴 새 없이 인간 생활에서 도망쳐 다니기만 하는 등신 같은 저 혼자만 완전히 외따로이 남겨져、 호리키에게조차 버림받았다는 기분에、 낭패하였고、 단팥죽을 칠 벗겨진 젓가락으로 휘휘 저으며、 견딜 수 없이 울적한 생각을 했다는 것을 기록해두고 싶을 뿐입니다。

『미안한데、난、오늘은 볼일이 있어』

호리키는 일어나、겉옷을 걸치며 그리 말하고、

『실례하겠네、미안하지만』

그때、호리키에게 한 여자가 방문했고、제 처지 역시 급변하게 됩니다。

호리키는、갑자기 활기가 돌아서、

『여어、죄송합니다。지금 말이죠、그쪽으로 찾아뵈려고 했는데、이 분이 갑자기 오셔서요、뭐、상관없습니다。이쪽으로 앉읍시다』

어지간히、당황했는지、제가 깔고 앉은 방석을 빼 뒤집어서 내민 것을、잡아채서는、다시 뒤집어서、그 여자에게 권했습니다。방에는、호리키의 방석 말고는、손님 방석이 딱 한 장밖에 없었던 겁니다。

여자는 마르고、키가 컸습니다。그 방석은 옆으로 치우고、문 근처 한구석에 앉았습니다。

저는, 멍하니 두 사람이 나누는 대화를 듣고 있었습니다. 여자는 잡지사 사람인 듯했는데, 호리키에게 컷인가 뭔가를 전부터 부탁한 것 같았고, 그것을 받으러 온 상황 같았습니다.

『좀 급해서요』

『다 됐습니다. 이미 한참 전에 다 한 걸요. 이겁니다. 보세요』

전보가 왔습니다.

호리키가, 그걸 읽자, 신바람 났던 그 얼굴이 순식간에 험악해지더니,

『쳇! 너, 이거, 어떻게 된 거야?』

넙치가 보낸 전보였습니다.

『아무튼, 당장 돌아가. 내가, 데려다주면 좋겠지만, 난 지금, 그럴 시간이, 없다구. 가출했으면서, 그, 느긋한 낯짝이라니』

『댁이 어느 쪽이신가요?』

『오쿠보(大久保)입니다』

문득 대답해버렸습니다.

『그러시면, 회사 근처니까』

여자는, 고슈(甲州) 태생으로 스물여덟 살이었습니다. 다섯 살 여자아이와, 고엔지(高円寺)에 있는 아파트에 살고 있었습니다. 남편과 사별하고, 삼 년이 된다고 했습니다.

『자기, 꽤 고생하면서 자란 사람 같아. 비위를 잘 맞춰. 가엾게도』

처음으로, 놈팡이 같은 생활을 했습니다. 시즈코 (가, 그 여기자 이름입니다)가 신주쿠에 있는 잡지사에 일하러 간 후에는, 저와 그러니까 시게코라는 다섯 살 여자아이 이렇게 둘이, 얌전히 집을 보는 셈이었습니다. 그전까지는, 엄마가 집에 없을 때는, 시게코는 아파트 관리인 방에서 놀았던 모양입니다만, 「자상한」 아저씨 놀이 상대가 생겨서, 매우 기분이 좋은 눈치였습니다.

일주일 정도, 멀거니, 저는 거기 있었습니다. 아파트 창문 바로 근처 전깃줄에,

팔 벌린 모양을 한 연이 하나 엉켜 있었는데、먼지 부연 봄바람에 날리고、찢기고、그래도 꽤 끈질기게 전깃줄에 들러붙어 떨어지지 않고、괜히 고개를 끄덕이거나 하고 있어서、저는 그걸 볼 때마다 쓴웃음이 나고、얼굴이 붉어지고、꿈에서까지 보여서、가위에 눌리곤 했습니다。

『돈이、갖고 싶어』

『……얼마 정도?』

『많이。……돈 떨어지는 날이 정 떨어지는 날、이라는 말、정말이야』

『바보 같이。그런 말、고리타분해……』

『그래? 그치만、당신은 모를 거야。이대로 있다간、나、도망칠지도 몰라』

『도대체가、누가 가난한데、그리고、누가 도망치는데。자기 이상해』

『내가 벌어서、그 돈으로、술、아니、담배를 사고 싶어。그림도 내가、호리키 같은 녀석보다、훨씬 잘 그릴 걸?』

이러한 때、제、뇌리를 스친 것은、중학교 시절에 그린 다케이치가 「도깨비」라 불렀던 자화상 몇 장이었습니다。잃어버린 걸작。그것은、여러 번 이사를 하는 와중에、잃어버리고 말았지만、그것만큼은、확실히 뛰어난 그림이었다는 생각이 듭니다。그 후로도、종종 그려보았지만、그 추억 속 걸작에는、한참 못 미쳐서、저는 항상、가슴이 텅 빈 것 같은、나른한 상실감에 계속 시달려왔습니다。

마시다 만 한 잔의 압생트[17]。

저는、그 영원히 보상받지 못 할 상실감을、속으로 그렇게 형용하고 있었습니다。그림 이야기가 나오자、제 눈앞에、그 마시다 만 한 잔의 압생트가 어른거리기 시작했고、아아、그 그림을 이 사람에게 보여주고 싶다、그리고、내 재능을 증명하고 싶다、는 초초함에 괴로워했습니다。

『후후、왠지。자기는、심각한 얼굴로 농담을 하는 게 귀여워』

농담이 아니다、정말이다、아아、그 그림을 보여주고 싶다、하고 헛된 번민을 하

다、 퍼뜩 마음을 바꿔 먹고、 포기하고는、

『만화 말이야。 적어도、 만화라면、 호리키보다는、 나을 거야』

그、 얼버무리는 광대의 말이、 도리어 진지하게 들려 믿음을 주었던 모양입니다。

『그건 그래。 나도、 실은、 놀랐거든。 시게코한테 늘 그려주는 만화、 그만 나도 웃어버린다니까。 해보는 게 어때? 우리 회사 편집장한테 부탁해줄게』

그 회사에서는、 어린이를 대상으로 그다지 이름이 알려지지 않은 월간잡지를 발행하고 있었습니다。

자기를 보면、 여자들은 대부분、 뭔가 해주고 싶어서、 안달이 나。 늘、 벌벌 떨고 있지만、 그러면서도、 남을 웃게 해주거든。 가끔은、 혼자서、 너무 침울해 보이지만、 그런 모습이、 더욱 여자 마음을 간질이지。

시즈코는、 그것 말고도 이런저런 이야기를 해주며、 저를 치켜세웠지만、 그것이 곧 놈팡이의 추잡한 특질이다、 하고 생각하면、 그야말로 점점 더 「침울」해질 뿐、

전혀 기운이 나지 않았고、여자보다는 돈、아무튼 시즈코로부터 벗어나 내 힘으로 살고 싶다고 남몰래 염원하며 궁리하고는 있지만、오히려 점점 시즈코에게 기대야만 하는 처지가 되었고、가출 후의 뒤처리 같은 것은、거의 전부、이 고슈 출신 여장부에게 신세를 지게 되면서、결과적으로 더더욱 저는、시즈코를 대할 때、소위 「벌벌」 떨어야만 했던 것입니다。

시즈코가 손을 써、넙치、호리키、거기에 시즈코、삼자회담이 성사되었고、저는、고향으로부터 완전히 의절을 당했으며、그리고 시즈코와 「당당하게」 동거라는 것을 하게 되었는데、또한、시즈코가 분주하게 알아봐준 덕분에 제 만화도 의외로 돈이 되어、저는 그 돈으로、술도、담배도 샀습니다만、제 불안과 음울은、점점 심해져만 갔습니다。그야말로 「침울」할 대로 「침울」해져、시즈코네 잡지에 매달 연재하는 만화 「긴타와 오타의 모험」을 그리고 있노라면、문득 고향집이 떠올라、너무나도 쓸쓸해진 나머지、펜이 움직이질 않아、고개를 숙이고 눈물을 흘린 적도 있습니다。

그런 시기의 저에게、작은 위안이 되었던 것은、시계코였습니다。시계코는、그 무렵 저를、아무 거리낌 없이 「아빠」라고 불렀습니다。

『아빠。기도를 하면、하나님이、뭐든 준다고 하는 말、진짜야?』

저야말로、그 기도를 하고 싶은 심정이었습니다。

아아、내게 냉철한 의지를 다오。내게 「인간」의 본질을 가르쳐다오。사람이 사람을 밀쳐내도、죄가 아니더냐。내게、분노의 가면을 다오。

『응、그래。시계코한테는 뭐든지 주시겠지만、아빠한테는、안 주실지도 몰라』

저는 신에게조차、두려움을 느끼고 있었습니다。

신의 사랑은 믿지 못하면서、신의 형벌만을 믿었던 겁니다。신앙。그것은、단지 신에게 채찍질을 당하기 위해서、머리를 숙이고 심판대로 향하는 것 같은 기분이 들었던 겁니다。지옥은 믿을 수 있어도、천국의 존재는、아무리 해도 믿을 수가 없었던 겁니다。

『왜、 안 주는데?』

『부모님 말씀을、 안 들었으니까』

『그래? 아빠는 아주 착한 사람이라고、 다들 그러던데』

그것은、 속이고 있으니까 그런 거다、 이 아파트 사람들 모두가、 내게 호의를 가지고 있다는 것은、 나도 알고 있다、 하지만、 나는 얼마나 그들을 무서워하는지、 무서워하면 할수록 호감을 얻고、 그리고、 나는 호감을 얻으면 얻을수록 무서워져서、 그들에게서 멀어지지 않으면 안 된다는、 이 불행한 습관을、 시게코에게 설명해주기란、 지극히 어려운 일이었습니다。

『시게코는、 대체、 하나님한테 뭘 받고 싶은데?』

저는、 아무렇지도 않다는 듯이 화제를 돌렸습니다。

『나는 있지、 진짜 아빠가 갖고 싶어』

깜짝 놀라, 어쩔어쩔 현기증이 났습니다. 적(敵). 내가 시게코의 적인가, 시게코가 나의 적인가, 어쨌든, 여기에도 나를 위협하는 무시무시한 어른이 있었구나, 타인, 이해할 수 없는 타인, 비밀투성이 타인, 시게코의 얼굴이, 갑자기 그렇게 보이기 시작했습니다.

시게코만큼은, 하고 생각했는데, 역시, 이 아이도, 그 「불시에 등에를 쳐 죽이는 소꼬리」를 가지고 있었던 겁니다. 저는, 그때 이후로, 시게코한테조차 벌벌 기어야만 했습니다.

『색마! 있는가?』

호리키가, 다시 저를 찾아오게 된 것입니다. 가출했던 그날, 그렇게도 저를 섭섭하게 했던 녀석인데, 그래도 저는 거부하지 못하고, 살짝 웃으며 맞이했습니다.

『네 만화, 꽤 인기를 끌기 시작했다면서. 아마추어한테는, 무서운 줄도 모르고 덤비는 똥배짱이 있어서 못 당한다니까. 그치만, 방심하진 마. 데생이, 전혀 돼먹지 않았거든』

스승처럼 굴기까지 하는 겁니다。 내 「도깨비」 그림을、 이 새끼에게 보여주면、 어떤 표정을 지을까、 하고 늘 하던 헛된 몸서리를 치면서、

『그런 말 말라구。 악 소리 날 지경이야』

호리키는 더욱 의기양양하게、

『처세에 능한 것만으로는、 언젠가 약점이 드러나니까』

처세에 능하다…… 저는、 정말이지 쓴웃음을 지을 수밖에 없었습니다。 제가、 처세에 능하다니！ 하지만 저처럼 인간을 두려워하고、 피하고、 속이는 짓은、 옛말에 「긁어 부스럼을 만들지 말라」고 하는 영리하고 교활한 인생의 교훈을 준수하는 것과 일맥상통한다、 고나 할까요。 아아、 인간이란、 서로에 대해 아무것도 모르고、 완전히 오해하면서도、 둘도 없는 친구라고 여기고、 평생、 그걸 모른 채 살다가、 상대가 죽으면、 울면서 애도사를 읊는 존재가 아닐는지요。

호리키는、여하튼、(그건 시즈코가 억지로 부탁해 마지못해 떠맡은 게 틀림없겠습니다만) 제가 가출하고 그 뒷일을 처리해준 사람이라、마치、절 갱생시킨 은인이나 중매인인 양 행세를 했고、그럴싸한 표정을 지으며 제게 설교를 하거나、또 오밤중、거나하게 취해 찾아와서는 자고 가거나、또、오 엔 (딱 오 엔이었습니다)을 빌려 가거나 했습니다。

『그런데、자네、오입질도 이쯤에서 집어치워。더 이상은、세상 사람들이、용서하지 않을 테니』

세상 사람들이란、대체、무엇일까요。사람의 복수(複数)형일까요。어디에、그 세상 사람들의 실체가 있는 걸까요。하지만、어쨌거나、강하고、엄하고、무서운 것、이라고만 생각하며 오늘까지 살아왔습니다만、하지만、호리키에게 그런 소리를 듣자、문득、

『세상 사람들이라는 건、자네 아닌가』

라는 말이 목구멍까지 차올라왔으나、 호리키를 화나게 만들기 싫어서、 꾹 삼켰습니다。

(세상 사람들이、 용서하지 않을 거야)

(세상 사람들이 아니야。 네가、 용서하지 않는다는 거겠지)

(그런 짓을 하면、 세상 사람들이 널 가만두지 않을 거야)

(세상 사람들이 아니라、 너겠지)

(조만간 세상 사람들이 널 매장시킬 거야)

(세상 사람들이 아니야。 네가 날 매장시키겠지)

그대는、 그대 자신의 끔찍함、 기괴함、 악랄함、 뻔뻔함、 요망함을 알라! 라는 둥、 이런저런 말이 가슴속을 오갔지만、 저는、 그저 얼굴에 맺힌 땀을 손수건으로 훔치며、

『진땀 나네、 진땀 나』

하고 말하며 웃을 뿐이었습니다.

그러나, 그날 이후, 저는, 「세상 사람들이란, 개인이 아닐까」 하는, 사상 비슷한 것을 갖게 되었습니다.

그리고, 세상 사람들이란, 개인이 아닐까 하고 생각하기 시작한 다음부터는, 저는 지금까지보다는 다소, 제 의지대로 움직일 수 있게 되었습니다. 시즈코 말을 빌리자면, 저는 조금 제멋대로 굴었고, 벌벌 떨지 않았습니다. 또, 호리키 말을 빌리자면, 묘하게 쫀쩨해졌습니다. 또, 시게코 말을 빌리자면, 별로 시게코를 예뻐하지 않게 되었습니다. 말없이, 웃지도 않고, 매일매일, 시게코를 돌보면서, 「긴타와 오타의 모험」이나, 또 누가 봐도 「태평한 아빠[18]」의 아류작인 「태평한 신부」이나, 또 「안절부절 꾀짱」이라는 저조차 무슨 말인지 모르는 엉터리 제목을 가진 연재만화 같은 걸 각기 다른 출판사의 주문(드문드문, 시즈코의 회사 말고도 주문이 들어오게 되었지만, 그것은 전부, 시즈코의 회사보다도, 훨씬 떨어지는 말하자면

삼류 출판사에서 들어온 주문뿐이었습니다)을 받고、참으로 참으로 음울한 마음으로、느릿느릿、(제 붓놀림은、매우 느린 편이었습니다) 지금은 단지、술값이 필요하기 때문에 그리는 것이라、그리고、시즈코가 회사에서 돌아오면、교대하여 휙 하고 밖으로 나가、고엔지 역 근처에 있는 포장마차나 스탠드바에서 싸고 독한 술을 마시고、조금 기분이 좋아져서 아파트에 돌아와、

『보면 볼수록、이상한 얼굴이야、너는。태평한 스님 얼굴은、실은 너 자는 얼굴을 보고 힌트를 얻은 거야』

『자기 자는 얼굴도、꽤 늙어 보인다구。사십대 남자 같아』

『너 때문이야。전부 빨아 먹힌 거지。무울 흐르드읏、흘러가는 내 파알자아、무어얼 그리 걱저엉하나、강가 버드나무우야아』

『시끄럽게 하지 말고、빨리 주무셔。아니면 밥 먹을래?』

착 가라앉아 있어서 전혀 상대를 해주지 않습니다。

『술이라면 몰라도。무울 흐르드읏、흘러가는 내 파알자아、내 파알자아 흘러가듯、흘러가느은 무울』

노래를 부르는 동안、시즈코가 옷을 벗겨주면、시즈코의 가슴에 얼굴을 파묻고 잠이 든다、그것이 제 일상이었습니다。

그리하여 내일도 같은 일을 반복하며
어제와 다름없는 관례을 따르라
거칠고 거대한 환락을 피하기만 한다면
거대한 비애 또한 찾아오지 않으리라
가는 길 막아서는 거추장스런 돌을
두꺼비는 돌아서 지나리니

우에다 빈(上田敏)이 번역한 기 샤를 크로[19]인가 하는 사람이 쓴 이런 시구를 발견했을 때, 저는 혼자 얼굴이 불에 탈 정도로 벌개졌습니다.

두꺼비。

(그게, 나다。 세상 사람들이 용서하고 말고도 없다。 매장하고 말고도 없다。 나는, 개보다도 고양이보다도 열등한 동물이다。 두꺼비。 꿈지럭꿈지럭 움직이고 있을 뿐이다)

제 음주는, 점차로 양이 늘었습니다。 고엔지 역 부근만이 아니라, 신주쿠, 긴자 쪽까지 나가서 마셨고, 외박하는 일도 있고, 그저, 「관례」에 따르지 않으려고, 바에서 불량배처럼 군다거나, 한쪽 구석에서 키스한다거나, 즉, 다시, 그 동반자살 이전, 아니, 그때보다 훨씬 무절제하고 야비한 주정뱅이가 되어, 돈이 궁하면, 시즈코의 옷을 들고 나올 지경이 되었습니다。

이곳에 오고, 그 찢어진 연을 보며 쓴웃음을 지은 후 일 년이 넘게 지나, 벚나무에 어린애의 날 무렵, 저는, 또 시즈코의 허리띠나 속옷을 몰래 들고 나와 전당포로 가서, 돈을 마련해 긴자에서 술을 마시고, 이틀 밤 연달아 외박을 하고, 사흘째 되는 밤, 정말이지 면목이 없다는 심정으로, 나도 모르게 발소리를 죽여가면서, 아파트 시즈코의 방 앞까지 왔는데, 안에서, 시즈코와 시게코가 하는 말이 들렸습니다.

『왜, 술을 마셔?』

『아빠는, 술이 좋아서 마시는 게, 아니야. 너무 착한 사람이라서, 그래서……』

『착한 사람은, 술을 마셔?』

『그런 건 아니지만……』

『아빠는, 분명, 깜짝 놀랄 거야』

『싫어하실 지도 몰라. 이봐, 이봐, 상자에서 튀어나왔다』

『안절부절 괴짱 같아』

『그렇구나』

시즈코의, 진심으로 행복한 듯한, 낮은 웃음소리가 들렸습니다.

제가, 문을 가만히 열고 안을 들여다보았더니, 하얀 새끼 토끼였습니다. 깡충깡충 온 방을, 뛰어다녔고, 모녀는 그걸 쫓아다니고 있었습니다.

(행복한 거야, 이 사람들은. 나 같은 바보가, 이 두 사람 사이에 끼어들면, 언젠가 두 사람을 엉망진창으로 만들게 될 거야. 조촐한 행복. 예쁜 모녀. 행복을, 아아, 만약 신이, 나 같은 놈의 기도도 들어준다면, 한 번만, 평생 한 번뿐이라도 좋으니, 빈다)

저는, 거기 쭈그리고 앉아, 두 손을 모으고 싶은 심정이었습니다. 살짝, 문을 닫고, 저는, 다시 긴자로 갔고, 그 뒤로, 그 아파트로는 돌아가지 않았습니다.

그리고, 교바시(京橋) 바로 근처 스탠드바 이 층에 저는, 또 기둥서방 같은 것으로, 눌러앉게 되었습니다.

세상 사람들. 그럭저럭 저도, 그것을 어렴풋이 깨닫기 시작한 것 같다는 생각이 들었습니다。 개인과 개인의 싸움이며、 게다가、 그때그때 이기기만 하면 그만이다、 인간은 결코 인간에게 복종하지 않는다、 노예조차 노예에 걸맞은 비굴한 앙갚음을 하는 법이다、 그러니까、 인간에게는 그때그때 단판승부에서 이기는 것 말고는、 목숨을 부지할 방법이 없다、 대의명분 같은 것을 부르짖지만、 노력의 목표는 언제나 개인、 개인을 넘어 다시 개인、 세상 사람들의 난해함은、 개인의 난해함、 바다는 세상 사람들이 아니라 개인이다、 라고 생각하고 세상 사람들이라는 바다의 환영을 두려워하는 것에서、 다소 해방되어、 이전만큼、 이것저것 한없이 배려하는 일 없이、 말하자면、 그때그때 필요에 따라、 어느 정도 뻔뻔하게 행동하는 법을 배우게 되었습니다。

고엔지 아파트를 버리고、 교바시 스탠드바 마담에게、

『헤어지고 왔다』

그 말만 했고、 그걸로 충분、 즉、 단판승부는 났고、 그날 밤부터、 저는 막무가내로 거기 이 층에 머무르게 되었으나、 무시무시해야 마땅할 「세상 사람들」은 제게 어떤 위해도 가하지 않았고、 또 저도 역시 「세상 사람들」에게 어떤 변명도 하지 않았습니다。 마담이、 그렇게 하기로 했다면、 그걸로 다 된 겁니다。

저는、 그 가게 손님 같기도 하고、 주인 같기도 하고、 심부름꾼 같기도 하고、 친척 같기도 하고、 분명 남이 보면 심히 정체가 의심스러운 존재였을 텐데、 「세상 사람들」은 조금도 의심하지 않고、 그리고 그 가게 단골들도、 저를、 요조、 요조 하고 부르며、 심히 다정스럽게 대하고、 그리고 술을 사주었습니다。

저는 세상을、 점점 경계하지 않게 되었습니다。 세상이란 곳은、 그렇게、 무시무시한 데가 아니다、 라고 생각하게 되었습니다。 즉、 지금까지 제 공포감은、 봄바람에는 백일해 세균이 수십만、 공중목욕탕에는、 눈을 멀게 하는 세균이 수십만、 이발소에는 탈모증 세균이 수십만、 전차 손잡이에는 옴벌레가 우글우글、 또는、 생선회、 설익은 돼지고기나 소고기에는、 촌충의 유충이나 디스토마라든가、 뭐라든가의 알 따위가 반드시 숨어 있고, 또, 맨발로 걸으면 발바닥으로 작은 유리 파편이 들어가, 그 파편이 몸 안을 돌아다니다 눈알을 찔러 실명하는 경우도 있다든가 하는 소위 「과학의 미신」에 겁을 먹는 것과 비슷했습니다. 그게, 분명 수십만 마리나 되는 세균이 떠다니고 헤엄쳐 다니고 우글우글하다는 것은 「과학적」으로도 정확한 사실일 겁니다. 그와 동시에, 그 존재를 완전히 묵살만 한다면, 그것은 저와 일말의 상관도 없이, 금세 사라져버리는 「과학의 유령」에 지나지 않는다는 사실도, 저는 깨닫게 된 것입니다.

도시락에 먹다 남긴 밥풀 세 알, 천만 명이 하루에 세 알씩만 남겨도 이미 그건, 쌀 몇 가마니를 헛되이 버리는 셈이다, 라든가, 혹은, 하루에 휴지 한 장 절약을, 천만 명이 행한다면, 얼마만큼의 펄프가 남을까, 라든가 하는 「과학적 통계」에 저는 얼마쯤 겁을 집어먹었고, 밥을 한 톨이라도 남길 때마다, 또 코를 풀 때마다, 산더미 같은 쌀, 산더미 같은 펄프를 낭비하는 듯한 착각에 괴로워하고, 내가 지금 중대한 범죄라도 저지르고 있는 건가 하는 침울한 기분이 들곤 했지만, 하지만, 그것이야말로 「과학의 거짓말」 「통계의 거짓말」 「수학의 거짓말」이며, 밥풀 세 알을 모을 수도 없는 노릇이고, 곱셈 나눗셈 응용문제로서도, 참으로 원시적이고 저능한 주제이며, 전기가 들어오지 않는 캄캄한 변소, 그 구멍에 사람은 몇번에 한 번 꼴로 발을 헛디뎌 빠지는가, 또는, 전차 출입문과, 플랫폼 끝단 틈새에, 승객 몇 명 중 몇 명이 발을 빠뜨리는가, 그런 확률을 계산하는 것과 마찬가지일 정도로 멍청하고, 그것은 어쩌면 있을 수 있는 일 같기도 하지만, 변소 구멍에 발을 잘못 디뎌 다쳤다는 말은, 전혀 들은 바도 없고, 그런 가설을 「과학적 사실」이라고 철저히 교육당해, 그것을 완전히 현실로 받아들이고, 두려워했던 어제까지의 자신이 가엾게 생각되어, 웃고 싶을 만큼, 저는, 세상이라는 것의 실체를 조금씩 깨닫게 되었다는 것입니다。

그렇다고는 해도, 역시 인간이라는 것이, 아직, 저는 무서워서, 가게 손님을 만나는 것도, 술을 컵으로 한 가득 쭉 들이켜고 난 다음이 아니면 안 되었습니다. 무서운 것일수록 더 보고 싶어지는 법. 저는, 매일 밤, 그래도 가게에 나가, 어린아이가, 실은 조금 무섭지만 조그만 동물을, 오히려 세게 움켜쥐듯, 가게 손님들에게 간잖은 예술론을 떠벌이게 되었습니다.

만화가. 아아, 그러나, 나는, 거대한 환락도, 또, 거대한 비애도 없는 무명 만화가. 아무리 거대한 비애가 훗날 찾아와도 좋다, 격렬하고 거대한 환락이 탐이 난다고, 내심 안달을 내고는 있지만, 현재 저의 환락이라고 한다면, 손님들과 쓸데없는 이야기를 나누며, 손님 술을 얻어 마시는 것뿐이었습니다.

교바시에 와서, 이런 시시한 생활이 벌써 일 년 가까이 이어졌고, 제 만화도, 아이들을 상대로 하는 잡지뿐만 아니라, 역 앞에서 파는 조악하고 외설스러운 잡지 따위에도 실리게 되어, 저는, 조시 이쿠타(上司幾太)[20]라는, 얼토당토않은 이명으로, 추잡한 알몸 그림 따위를 그리고, 거기에 주로 루바이야트[21]의 시구를 집어넣었습니다.

헛된 기도 따위 관두시게나
눈물 나는 일 따위 벗어던지시게나
한잔 하러 가세나 좋은 일만 생각하세나
쓸데없는 일 따위 잊어버리시게나

불안과 공포로 남 겁주는 자들은
스스로 지은 큰 죄에 벌벌 떨며
죽은 자의 복수에 대비하려
머릿속에 끝없는 계략을 꾸미지

간밤 술독에 빠져 내 마음 기쁨에 빠져

오늘 아침 눈뜨니 그저 황량
수상스런 하룻밤
변덕스런 이내 마음이여

뒷일 따위 생각 마라
멀리 울리는 북소리처럼
아무래도 그것은 불안하지
방귀 뀐 것까지 일일이 죄로 치면 살 수가 없지

정의가 인생의 지침이라니?
그렇다면 피에 젖은 전장에
암살자의 칼끝에

무슨 정의가 머물겠는가?

어디에 사람이 끄는 원리가 있느냐?
어떠한 지혜의 빛이 있느냐?
아름답고도 무서운 것은 덧없는 세상이라
연약한 인간의 아름에게 질 수 없는 짐을 지우네

어찌할 수 없는 욕심의 종자가 뿌려진 탓에
선이나 악이나 죄나 벌이나 저주를 받을 뿐이로다
어쩌지도 못하고 그저 갈팡질팡
어느를 힘도 의지도 주어지지 않은 탓이로다

어디를 어떻게 방황하고 있었는가
무슨 비판、검토 재인식?
허허、헛된 꿈을 있지도 않은 환상을
하하、술을 잊었구나 모두 어리석은 걱정이지

어떠냐 이 끝도 없는 하늘을 보라
그 안에 둥둥 뜬 점이로다
이 지구는 왜 자전하는가 알 게 뭐냐
자전 공전 반전도 제 마음이지

이르는 곳마다 지고한 힘 느끼며
모든 나라의 모든 민족에게

동일한 인간성을 발견하는
나는 이단자로세

모두 성경을 잘못 읽고 있는 거야
아니면 상식도 지혜도 없는 거야
산 몸뚱이의 기쁨을 금하거나 술을 금하거나
뭣이 무스타파 나 그런 거 질색이야

하지만, 그 무렵, 저에게 술을 끊으세요, 하고 권하는 아가씨가 있었습니다.
『못써요, 매일, 대낮부터, 취해 계시잖아요』
바 맞은편, 작은 담배 가게에서 일하는 열일곱, 여덟쯤 되는 아가씨였습니다. 요시코라고 하는데, 살결이 희고, 덧니가 있는 아이였습니다. 제가, 담배를 사러 갈

때마다、웃으며 충고를 하는 것이었습니다。

『왜、못쓰니? 어째서 나쁜 건데? 있는 대로 술을 마시고、인간의 아들이여、증오를 멈추고 멈추고 멈추라、라고 말야、옛날 페르시아에 말이지、뭐、됐어、비애로 찌든 심장에 희망을 가져다주는 건、오직 만취를 부르는 옥배로다、라고。알아?』

『몰라요』

『이 자식。키스해버린다』

『해요』

조금도 부끄러운 기색 없이 아랫입술을 내미는 겁니다。

『바보야。정조관념도……』

그러나、요시코의 표정에서는、분명 아무에게도 더럽혀지지 않은 처녀의 냄새가 났습니다。

새해가 밝고, 엄동설한의 밤, 저는 취해서 담배를 사러 나갔다가, 그 담배 가게 앞 맨홀에 빠졌는데, 요시코, 도와줘어, 하고 외쳤더니, 요시코가 끌어올려주었고, 오른팔에 난 상처 치료를 요시코에게 받았는데, 그때 요시코는, 가만히,

『너무 많이 드시네요』

하며 웃지도 않고 말했습니다.

저는 죽는 건 아무렇지도 않지만, 다쳐서 피가 나고 그리고 불구자 같은 게 되는 건, 절대로 싫었기에, 요시코가 팔의 상처를 치료하는 동안, 술도, 이제 슬슬 끊을까, 하고 생각했습니다.

『끊는다。 내일부터, 한 방울도 안 마신다』

『정말로요?』

『꼭, 끊는다。 끊으면, 요시코, 나한테 시집 안 올래?』

하지만, 시집오란 애기는 농담이었습니다。

『당그』

당그란 「당연히 그렇다」의 줄임말이었습니다。 모보（모던보이）라든가、 모걸（모던걸）이라든가、 그 당시 갖가지 줄임말이 유행했습니다。

『좋았어。 손가락 걸자。 반드시 끊는다』

그리고 다음 날、 저는、 또 대낮부터 마셨습니다。

저녁、 비틀비틀 밖으로 나가、 요시코 가게 앞에 서서、

『요시코、 미안。 마셔버렸어』

『어머? 못됐어。 취한 척이나 하고』

흠칫했습니다。 술도 깨는 듯했습니다。

『아니야、 진짜야、 진짜로 마셨다니까。 취한 척하는 게 아니라구』

『놀리지 마세요。 못돼 처먹었어』

아예 의심하려고도 하지 않는 겁니다。

『보면 알잖아。오늘도、대낮부터 마셨어。용서해줘』

『연극도、잘 하시네』

『연극이 아니야、바보야。키스해버린다』

『해요』

『아니、나한텐 자격이 없어。널 데려오는 건 포기해야겠어。내 얼굴을 봐。빨갛지? 마신 거야』

『그건、석양이 비쳐서 그런 거예요。거짓말해도 소용없어요。어제 약속했는걸。마실 리가 없어。새끼손가락 걸었는걸。마셨다는 건、거짓말、거짓말、거짓말』

어두컴컴한 가게 안에 앉아 미소를 짓고 있는 요시코의 하얀 얼굴、아아、더러움을 모르는 순결은 고귀한 것이로다、나는 지금껏、나보다 어린 처녀와 자본 적이 없다、결혼하자、어떤 거대한 비애가 그 때문에 훗날 닥쳐와도 좋다、난폭할 정도로 거대한 환락을、평생 한 번이라도 좋다、처녀성의 아름다움이란、그것은 어리석은 시인이 지어낸 달콤하고 감상적인 환상에 지나지 않는다고 생각했지만, 역시 이 세상에 살아 존재하고 있는 것이다, 결혼하여 봄이 되면 둘이서 자전거를 타고 신록 우거진 폭포를 보러 가자, 하며, 그 자리에서 결심, 소위 「단판승부」로 그 꽃을 훔치는 것을 주저하지 않았습니다.

그래서 우리들은, 드디어 결혼했고, 그로 인해 얻은 환락은, 꼭 그렇게 거대하지는 않았으나, 그 후에 닥친 비애는, 처참이라는 말로는 부족할 만큼, 실로 감히 상상할 수도 없이, 거대하게 다가왔습니다. 저에게 「세상」은 역시 바닥을 알 수 없는, 무서운 곳이었습니다. 결코, 그런 단판승부 따위로, 하나에서 열까지 모든 것이 정해져버리는, 만만한 곳도 아니었던 것입니다.

2

호리키와 저。

서로 경멸하면서 만나고, 그리고 서로 스스로를 쓸모없게 만들어가는, 그것이 이 세상에서 흔히 말하는 「친구」라는 것의 참모습이라고 한다면, 저와 호리키의 관계도, 틀림없이 「친구」임에 틀림이 없었습니다。

제가 그 교바시 스탠드바 마담의 의협심 덕분에, (여자의 의협심이라니, 기묘한 표현이긴 하지만, 그렇다 해도, 제 경험에 따르면, 적어도 도시 남녀의 경우, 남자보다도 여자 쪽이, 그, 의협심이라고 할 만한 것을 듬뿍 가지고 있었습니다。 남자는 대개, 무서워서 벌벌 떨면서, 빈말만 그럴듯하게 늘어놓았고, 그리고, 쩨쩨했습

니다) 담배 가게 요시코를 내연의 처로 삼을 수 있었고, 쓰키지(築地), 스미다(隅田川) 강 근처,
작은 목조 이 층 아파트 아래층에 셋방을 하나 얻어, 둘이 살았는데, 술은 끊었고,
슬슬 제 직업으로 굳어지고 있는 만화 일에 몰두하면서, 저녁을 먹고 둘이서 영화
를 보러 나가고, 돌아오는 길에, 다방 같은 데 들어가거나, 또, 화분을 사거나, 아
니, 그보다도 저를 진심으로 신뢰해주는 이 어린 신부가 하는 말을 듣고, 몸짓을
바라보는 것이 즐거워서, 이거 나도 어쩌면, 이제부터 점점 인간다운 존재가 될 수
있고, 비참한 죽음 따위, 겪지 않고 살게 되지 않을까 하는 달콤한 생각이 어렴풋
이 가슴에 되살아나기 시작한 그때, 호리키가 제 눈앞에 나타났습니다.

『여어—! 색마. 어라? 꼴에, 면상을 보니 조금은 철이 들었군. 오늘은, 고엔지
여사님 명 받잡고 왔다만』

하고 말하다가, 갑자기 목소리를 낮추고는, 부엌에서 차를 준비하고 있는 요시
코 쪽을 턱으로 가리키며, 괜찮겠어? 하고 묻기에,

『상관없어。무슨 말을 하든 괜찮아』

하고 저는 차분하게 대답했습니다。

실제로, 요시코는, 신뢰의 천재라고 부르고 싶을 정도로, 교바시 바 마담과의 관계는 말할 것도 없고, 제가 가마쿠라에서 일으킨 사건을 알려주어도, 쓰네코와의 관계를 의심하지 않았고, 그건 제가 거짓말을 잘 해서가 아니라, 때로는 노골적으로 말한 적도 있었는데, 요시코에게는, 그게 다 농담으로밖에 들리지 않는 모양이었습니다。

『여전히, 잘난 척하고 자빠졌군。아니 뭐, 대단한 일은 아니고。가끔 고엔지(高円寺) 쪽에도 놀러 오라고 전해달라더군』

잊을 만하면, 괴상한 새가 날개를 퍼덕이며 날아와, 기억 속 상처를 그 주둥이로 쪼아 찢어놓습니다。금세 과거의 수치와 죄에 대한 기억이, 뚜렷이 눈앞에 펼쳐지고, 아 하고 소리치고 싶을 만큼 공포가 엄습하여, 가만히 앉아 있을 수가 없었습니다。

『마실까?』

하고 제가。

『좋지』

하고 호리키가。

저와 호리키。모습은, 둘이 닮았습니다。똑같은 인간 같다는 생각이 든 적도 있습니다。물론 그것은, 싸구려 술을 여기저기 마시며 돌아다니던 시절의 이야기일 뿐이지만, 아무튼, 둘이 얼굴을 마주하면, 순식간에 똑같이 생긴 똑같은 털색의 개로 변해 눈 내린 거리를 뛰어다니는 식으로 변했습니다。

그날 이후, 저희들은 다시 오랜 우정을 되찾았답시고, 교바시의 그 작은 바에도 함께 가고, 그리고, 마침내, 고엔지 시즈코의 아파트에도 이 만취한 개 두 마리가 방문하여, 숙박하고 돌아가게 되는 지경에까지 이르고 말았던 것입니다。

잊을 수도 없습니다. 무더운 여름밤이었습니다. 호리키는 해 질 무렵, 낡아빠진 유카타를 입고 쓰키지 제 아파트로 찾아왔고, 오늘 어디 필요해서 여름옷을 전당포에 맡겼는데, 그 사실을 노모가 알게 되면 정말 난처해, 당장 찾아오고 싶으니, 하여간 돈을 빌려줘, 하는 것이었습니다. 마침 제 수중에도 돈이 없었기에, 늘 하던 대로, 요시코를 시켜, 요시코의 옷가지를 전당포에 가져다 맡기고 돈을 마련해서, 호리키에게 빌려주었는데, 그래도 조금 남아 그 남은 돈으로 요시코에게 소주를 사오라고 하여, 아파트 옥상으로 가, 스미다 강에서 이따금씩 희미하게 불어오는 시궁창 냄새가 나는 바람을 맞으며, 참으로 꾀죄죄한 피서 술판을 벌였습니다.

저희들은 그때, 희극명사, 비극명사 알아맞히기를 시작했습니다. 이것은, 제가 발명한 놀이인데, 명사에는, 전부 남성명사, 여성명사, 중성명사 같은 구별이 있지만, 그와 동시에, 희극명사, 비극명사라는 구별도 있어야 마땅하다, 예를 들어,

기선과 기차는 모두 비극명사이고, 전차와 버스는, 모두 희극명사, 왜 그러한가, 그걸 모르는 자와는 예술을 논할 가치가 없다, 희극에 하나라도 비극명사를 끼워 넣는 극작가는, 이미 그것만으로 낙제, 비극의 경우도 또 마찬가지, 라는 식이었습니다。

『준비 됐어? 담배는?』

하고 제가 묻습니다。

『비(비극의 줄임말)』

하고 호리키가 그 자리에서 대답합니다。

『약은?』

『가루약이야? 알약이야?』

『주사약』

『비』

『그런가? 호르몬 주사약도 있는데』

『아니、단연코 비야。바늘이 제일、훌륭한 비 아닌가』

『좋아。쳐주지。하지만 자네、약이나 의사는 말이지、의외로 희(희극의 줄임말)야。죽음은?』

『희。목사나 중도 마찬가지』

『훌륭하군。그리고 삶은 비겠고』

『아니。그것도 희』

『아니、그러면、뭐든지 전부 희가 되어버리는데。그럼、하나 더 묻겠네만、만화가는? 설마、희라고는 못 하겠지』

『비、비。대비극명사!』

『뭐야、대비는 너잖아』

이렇게、어설픈 말장난처럼 되어버리면、재미없지만、하지만 저희들은 그 놀이를、 세계 어느 살롱에도 일찍이 없었던 대단히 세련된 것이라고 자부하고 있었습니다。

또 하나、 이와 비슷한 놀이를 당시、 저는 발명했습니다。 그것은、 반의어 알아맞히기였습니다。 흑(黑)의 반(반의어의 줄임말)은 백(白)。 하지만 백의 반은、 적(赤)。 적의 반은 흑。

『꽃의 반은?』

하고 제가 묻자、 호리키는 입을 삐죽거리며 생각하다가、

『음、 화월(花月)이라는 요릿집이 있으니까、 달이지』

『아니、 그건 반이 될 수 없어。 오히려、 동의어야。 별과 제비꽃도、[22] 동의어잖나。 반이 아니야』

『알았다、 그러면、 벌이다』

『꿀벌?』

『모란에……、 개미인가?』

『뭐어야、 그건 그림 제목이잖나。 속임수 쓰면 안 돼』

『알았다! 꽃에 구름……』

『달에 구름[23]이겠지』

『그래、 그래。 꽃에 바람。 바람이다。 꽃의 반은、 바람』

『안 되겠네。 그건 속담이잖나。 바닥 드러나는군』

『아니、 비파(琵琶)다』

『역시 안 되겠어。 꽃의 반은……、 일반적으로 이 세상에서 가장 꽃답지 않은 것、 그런 걸 대야지』

『그러니까、 그……、 잠깐、 뭐야、 여잔가?』

『내친 김에、 여자의 동의어는?』

『창자』

『자네는、 아무래도、 시를 모르는군。 그러면、 창자의 반은?』

『우유』

『그건、 좀 괜찮은데。 여세를 몰아 하나 더。 수치。 수치의 반은?』

『철면피지。 인기 만화가 죠시 이쿠타』

『호리키 마사오는?』

이쯤부터 둘은 점점 웃을 수만은 없게 되었고、 소주 특유의 취기、 그 유리 파편이 머리에 가득 찬 것 같은、 음울한 기분이 들게 되었습니다。

『건방진 소리 하지 마。 나는 아직 너처럼、 오랏줄에 묶이는 치욕을 당한 적은 없어』

깜짝 놀랐습니다。 호리키는 내심、 나를、 진정 인간으로 취급하지 않았던 거구나、 나를 그저、 죽지 못해 사는、 수치도 모르는、 멍청한 도깨비、 말하자면 「산송장」으로밖에 여기지 않았구나、 그리고、 자기의 쾌락을 위해、 이용할 수 있는 부분만 이용하는、 그 정도 「친구」였구나、 하고 생각하니、 과연 유쾌한 기분은 들지 않았지만、 그러나 또한、 호리키가 나를 그렇게 보는 것도、 이상하지 않다、 나는 옛날부터、 인간으로서 자격이 없는 아이였다、 그러니 호리키에게 경멸당하는 것도 당연할지 모른다、 하고 고쳐 생각하면서、

『죄。 죄의 반의어는、 뭘까。 이건、 어려울 거다』

하고 아무렇지도 않다는 표정을 지으며、 말했습니다。

『법이다』

호리키가 하도 태연하게 대답하여、 저는 호리키의 표정을 다시 살펴보았습니다。 근처 빌딩에서 명멸(明滅)하는 네온사인의 빨간 빛을 받아、 호리키의 얼굴은、 귀신 잡는 형사처럼 위엄 있게 보였습니다。 저는、 정말이지 기가 막혀서、

『죄라는 건、 자네、 그런 게 아니라구』

죄의 반의어가、 법이라니! 하지만 세상 사람들은、 모두 그 정도로 간단하게 생각하고, 그렇다고 치고 살고 있는지도 모르겠습니다. 형사가 없는 곳일수록, 죄가 우글거린다, 라고.

『아니면, 뭔데, 신? 자네한텐, 어딘가 예수쟁이 같은 구석이 있어서 말이야. 밥맛없게』

『에이 그렇게, 쉽게 잘라 말하지 말라구. 조금 더 같이 생각해보자구. 그래도 이건 흥미로운 주제잖아. 이 주제에 대한 답 하나로, 그 사람의 모든 걸 알 수 있을 것 같은데』

『설마……, 죄의 반은, 선이다. 선량한 시민. 즉, 나 같은 사람이지』

『농담은, 집어치워. 그리고 선은 악의 반이야. 죄의 반이 아니라』

『악과 죄가 다른 건가?』

『다르다. 난 그렇게 생각해. 선악의 개념은 인간이 만든 것이다. 인간이 멋대로 만든 도덕의 언어다』

『닥쳐。 그렇다면、 역시、 신이지。 신、 신。 뭐든、 신이라고 하면 틀림없지。 배가 고픈데』

『지금、 밑에서 요시코가 누에콩을 삶는 중이야』

『고마우이。 좋아하는 건데』

양손을 머리 뒤로 깍지 끼고、 뒤로 벌렁 드러누웠습니다。

『넌、 죄라는 것에、 전혀 흥미가 없나보군』

『그거야 그렇지、 너처럼、 죄인은 아니니까。 난 난봉질은 해도、 여자를 죽게 하거나、 여자 돈을 등쳐먹거나 하진 않아』

죽게 한 게 아니다、 등쳐먹은 게 아니다、 하고 마음 어딘가에서 희미하게、 하지만 필사적으로 항의하는 목소리가 일었지만、 하지만、 다시、 아니 내가 잘못한 것이다、 하고 즉시 마음을 고쳐먹고 마는 이 습성。

저는、 아무리 해도、 정면으로 맞서 논쟁을 할 수가 없습니다。 소주의 음울한 취기 때문에 시시각각、 험악해지는 기분을 간신히 억누르며、 거의 혼잣말 하듯 말했습니다。

『하지만、 감옥에 갇히는 것이 죄는 아니야。 죄의 반을 알게 되면、 죄의 실체도 파악할 수 있을 것 같은데……、 신……、 구원……、 사랑……、 빛……、 하지만、 신에게는 사탄이라는 반이 있고、 구원의 반은 고통일 것이고、 사랑은 증오、 빛은 어둠이라는 반이 있고、 선에는 악、 죄와 기도、 죄와 참회、 죄와 고백、 죄와……、 아아、 전부 동의어야、 죄의 반의어는 뭘까』

『죄의 반의어는 꿀이지。 꿀처럼 단 거야。 배고파。 뭐 먹을 것 좀 가져와』

『네가 가져오면 되잖아!』

거의 난생 처음이라 해도 좋을 만큼、 격렬히 분노한 목소리가 튀어나왔습니다。

『좋아、 그럼、 밑에 가서、 요시코하고 둘이 죄를 짓고 올 거다。 탁상공론보단 실전경험。 죄의 반은、 꿀콩、 아니、 누에콩인가』

거의、혀도 돌아가지 않을 지경으로 취했던 겁니다。

『맘대로 해。어디로든 꺼져!』

『죄와 배고픔、배고픔과 누에콩、아니、이건 동의언가?』

되는 대로 지껄이며 일어납니다。

죄와 벌。도스토예프스키。퍼뜩 그것이、두뇌 한구석을 스쳐 지나갔고、아차 싶었습니다。가령、저 도스토예프스키 씨가、죄와 벌을 동의어가 아니라、반의어로 여기고 나란히 놓은 것이라면? 죄와 벌、절대로 서로 통하지 않는 것、얼음과 숯처럼 서로 섞이지 않는 것。죄와 벌을 반으로 생각했던 도스토예프스키의 해감이、썩은 연못의、난마(乱麻)의 심연……、아아、알겠다、아니、아직……、하면서 머릿속에 주마등이 빙글빙글 돌아가고 있던 그때、

『어이! 뭐가 얼어 죽을 누에콩이냐。와봐!』

호리키의 목소리도 안색도 달라졌습니다。호리키는、이제 막 비틀비틀 일어나서

밑으로 내려갔나, 했는데 다시 되돌아 온 것이었습니다.

『뭔데?』

이상하게 설기를 띠며, 놈이, 옥상에서 이층으로 내려갔고, 이 층에서, 다시 아래층 제 방으로 내려가는 계단 중간에 호리키는 멈춰 서서,

『봐!』

하고 작은 소리로 말하며 손가락질로 가리켰습니다.

제 방 위쪽에는 작은 쪽창이 뚫려 있어서, 그리로 방 안이 보였습니다. 전등불이 켜져 있었고, 두 마리의 짐승이 있었습니다.

저는, 어쩔어쩔 현기증을 느끼며, 이 또한 인간의 모습이다, 이 또한 인간의 모습이다, 놀랄 것 없다, 등등 가쁜 호흡과 함께 가슴속으로 중얼거리니라, 요시코를 구해줘야 한다는 사실도 잊은 채, 계단에 그대로 서 있었습니다.

호리키는, 크게 헛기침을 했습니다. 저는, 혼자 도망치듯 다시 옥상으로 뛰어올

라가、 벌렁 드러누워、 비를 머금은 여름 밤하늘을 우러러보았고、 그때 저를 휘감은 감정은、 분노도 아니요、 혐오도 아니며、 또한、 슬픔도 아닌、 무시무시한 공포였습니다。 그것도、 묘지의 유령 따위에 대한 공포가 아니라、 신사(神社)의 삼나무 숲에서 하얀 옷을 입은 신령님을 마주쳤을 때나 느낄 법한、 감히 한마디 대꾸 할 여지도 없는、 압도적인 공포감이었습니다。 제 새치는、 그날 밤 이후 생기기 시작했고、 결국、 모든 일에 자신감을 잃게 되었고、 결국、 사람을 한없이 의심하게 되었고、 결국、 세상살이에 대한 모든 기대、 기쁨、 공감 따위로부터 영원히 멀어지게 되었습니다。 실로、 제 생애에서、 결정적인 사건이었습니다。 저는、 정통으로 미간에 칼을 맞았고、 그리고 그 후로、 그 상처는、 어떤 인간이든 다가올 때마다 욱신거렸습니다。

『딱하긴 하다만、 하지만 너도 이 일로、 조금은 깨달았겠지。 이제、 나는、 두 번 다시 여기에 안 올 거야。 정말、 지옥이다……。 그래도、 요시코는、 용서해줘라。 너도、어차피、변변한 놈은 아니니까。이만 간다』
거북한 자리에、오래 죽치고 있을 만큼 멍청한 호리키가 아니었습니다。
저는 자리에서 일어나、홀로 소주를 마시며、그리고、꺼이꺼이 목을 놓아 울었습니다。한없이、한없이 눈물이 나왔습니다。
어느 틈엔가、등 뒤에、요시코가、누에콩을 수북이 담은 접시를 들고、멍하니 서 있었습니다。
『아무 짓도、안 할 거라고 했는데……』
『됐어。아무 말 하지 마。넌、사람을 의심할 줄을 몰랐던 거야。앉아。콩이나 먹자』
나란히 앉아、콩을 먹었습니다。아아、신뢰가 죄더냐? 상대 남자는、제게 만화를 그리게 하고는、얼마 안 되는 돈을 잘난 척하며 두고 가던 서른 전후의 무식하고 별 볼일 없는 장사치였습니다。

예상대로 그 장사치는, 그 후로는 찾아오지 않았지만, 저는, 어째서인지, 그 장사치에 대한 증오보다도, 처음에 보자마자 바로 크게 했기쩜도 아무것도 하지 않고, 그대로 제게 얼리려고 다시 옥상으로 돌아온 호리키에 대한 미움과 노여움이, 잠들 수 없는 밤이면 불끈불끈 치밀어 신음했습니다.

용서할 것도, 용서하지 않을 것도 없습니다. 요시코는 신뢰의 천재입니다. 사람을 의심할 줄을 몰랐던 겁니다. 하지만, 비참한 이유는 바로 그것.

신에게 묻노라. 신뢰가 죄더냐.

요시코가 더럽혀졌다는 것보다도, 요시코의 신뢰가 더럽혀졌다는 것이, 제게 있어 그 후로도 오랫동안, 살 수 없을 만큼 커다란 고뇌의 씨앗이 되었습니다. 저와 같은, 비루하게 벌벌 떨며, 남의 눈치만 보고, 사람을 믿는 능력에, 금이 가버린 놈에게, 요시코의 무구(無垢)한 신뢰는, 그야말로 신록이 우거진 폭포처럼 상쾌하게 느껴졌습니다. 그것이 하룻밤 새, 누런 똥물로 변해버렸습니다. 보십시오. 요시코는、 그날 밤부터 제 일빈일소(一顰一笑)에까지 신경을 곤두세우게 되었습니다。

『이봐』

하고 부르면、 흠칫하며、 이젠 눈 둘 곳마저 찾지 못하는 지경입니다。 아무리 제가 웃기려 해도、 광대짓을 해도、 안절부절、 흠칫흠칫、 갑자기 제게 존댓말을 썼습니다。

진정、 무구한 신뢰는、 죄의 원천이더냐。

저는、 유부녀가 겁탈당하는 소설책을、 이것저것 찾아 읽어보았습니다。 그렇지만、 요시코만큼 비참한 방법으로 범해진 여자는、 한 명도 없는 것 같았습니다。 처음부터、 이건、 아예 이야기고 뭐고 되지가 않습니다。 그 변변찮은 장사치와、 요시코 사이에、 조금이라도 사랑 비슷한 감정이 있었다면、 제 마음도 오히려 편해질지 모릅니다만、 그저、 여름 어느 밤、 요시코가 신뢰했고、 그리고、 그걸로 끝、 그런데 그로 인해 제 미간은、 정통으로 칼을 맞았고 목소리는 갈라졌고 흰머리가 나기 시작했고、 요시코는 평생 안절부절못해야만 하는 것입니다。 대부분의 이야기는、 그 아내의 「행위」를 남편이 용서하느냐 마느냐、 거기에 중점을 두고 있는 것 같습니다만、 그건 저에게는、 그렇게 괴롭고 큰 문제는 아니라고 생각했습니다。 용서한다、 용서하지 않는다、 그런 권리를 가진 남편이야말로 행운아、 도저히 용서치 못하겠거든、 큰 소란 그리 피우지 말고、 당장 아내와 이혼하고、 새로운 아내를 맞는 게 어떠한가、 그렇게 못 하겠거든、 말하자면 「용서」하고 참아야 하느니、 어느 쪽이 되든、 남편의 기분 하나로 모든 일이 수습될 터인데、 하는 생각까지 들었습니다。 다시 말해、 그런 사건은、 분명 남편에게 커다란 쇼크이지만、 하지만、 그건 「쇼크」라서、 영원히 끝나는 법 없이 밀려왔다 밀려가는 파도와는 달리、 권리가 있는 남편의 분노로 어떻게든 처리할 수 있는 트러블 같은 거라고 저는 여겼던 것입니다。 그렇지만、 저희의 경우、 남편에게 어떠한 권리도 없으며、 생각해보면 뭐든지 제가 잘못한 것 같은 기분이 들어、 화는커녕、 잔소리 한마디도 할 수 없고、 또한、

아내는、 보기 드물게 착한 성품을 소유했기 때문에 겁탈을 당한 것입니다。 게다가 그 착한 성품은、 남편이 일찍이 동경해온、 무구한 신뢰라는 못 견디게 가련한 것이었습니다。

무구한 신뢰가、 죄더냐。

유일하게 믿고 의지하던 착한 성품에도、 의혹을 품고、 저는、 이미、 아무것도、 알 수가 없는 지경이 되어、 기댈 데라곤 오직 알코올뿐이었습니다。 제 얼굴 표정은 극도로 볼썽사나워졌고、 아침부터 소주를 마셨으며、 이가 너덜너덜 빠졌고、 만화도 거의 외설에 가까운 것을 그리게 되었습니다。 아니、 확실히 말씀드리겠습니다。 저는 그 무렵부터、 춘화를 베껴 그려 밀매했습니다。 소주를 살 돈이 필요했습니다。 언제나 저에게 시선을 두지 못하고 허둥거리는 요시코를 보면、 이 녀석은 전혀 경계라곤 모르는 여자라、 그 장사치와 한 번이 아니었던 건 아닐까、 또、 호리키와는? 아니、 혹은 내가 모르는 사람과도? 하는 의혹은 의혹을 낳았고、 그렇다고 과감하게 그걸 따져 물을 용기도 없어서, 여느 때와 같이 불안과 공포에 몸부림치는 심정으로, 그저 소주를 마시고 취해서는, 다소 비굴한 유도신문 같은 걸 쭈뼛거리며 시도하고, 속으로 바보처럼 일희일비하고, 겉으로는, 들입다 광대짓을 해대고, 그리고, 그 다음엔, 요시코에게 끔찍스러운 지옥의 애무를 가하고, 인사불성, 젖은 이불처럼 자빠져 잤습니다.

그해 말, 저는 밤늦게 만취하여 집에 돌아왔고, 설탕물을 마시고 싶어서, 요시코가 잠이 든 것 같아, 직접 부엌으로 가서, 설탕 단지를 찾아냈는데, 뚜껑을 열어보니 설탕은 없고, 검고 기다란 작은 종이 상자가 들어 있었습니다. 아무 생각 없이 집어 들어, 그 상자에 붙어 있는 상표를 보고 깜짝 놀랐습니다. 그 상표는, 손톱으로 반 이상이나 벗겨져 있었지만, 서양 글자 부분이 남아 있었고, 거기에는 또렷이 쓰여 있었습니다. D I A L。

디알。 저는 그 무렵 오로지 소주뿐, 수면제를 복용하고 있지는 않았지만, 하지만, 불면증은 제 고질병 같은 것이었기 때문에, 웬만한 수면제는 다 알고 있었습니다. 이 디알 한 상자는, 분명 치사량을 넘을 것입니다. 아직 상자를 뜯지는 않았지만, 그렇지만, 언젠가는, 저지를 작정으로 이런 곳에, 게다가 상표를 긁어내면서까지 숨기고 있었던 게 틀림없습니다. 가엾게도, 그 아이는 상표에 있는 서양 글자를 읽을 수가 없었기에, 손톱으로 절반만 긁어내고, 이 정도면 됐다고 생각했을 겁니다. (너에게 죄는 없다)

저는, 소리가 나지 않게끔 몰래 컵에 물을 채우고, 그리고 나서, 천천히 상자를 뜯어, 전부, 한꺼번에 입 안으로 털어 넣고, 컵에 남긴 물을 담담하게 비우고, 전등을 끄고 그대로 잤습니다.

사흘 밤낮, 저는 죽은 사람처럼 누워 있었다고 합니다. 의사는 과실로 보고, 경찰에 신고하는 것을 미뤘다고 합니다. 정신이 돌아오는 와중에, 제일 먼저 내뱉은 잠꼬대는, 집으로 돌아갈래, 라는 말이었다고 합니다. 집이라니, 어느 집을 말하는 건지、 당사자인 저도、 잘 모르겠지만、 아무튼、 그렇게 말하고、 지독하게 울었다고 합니다。

점점 정신이 들고、 보니、 머리맡에 넙치가、 매우 언짢은 얼굴을 하고 앉아 있었습니다。

『저번에도、 연말이었는데、 그때나 지금이나 눈 돌아갈 정도로 바쁜데、 항상 연말만 골라、 이런 사고를 치니、 제가 제명에 못 죽어요』

넙치의 말상대를 해주고 있는 것은、 교바시 바의 마담이었습니다。

『마담』

하고、 제가 불렀습니다。

『응? 왜? 정신 들었어?』

마담은 웃는 얼굴을 제 얼굴 위로 갖다 대듯 말했습니다。

저는、 주룩주룩 눈물을 흘렸습니다。

『요시코하고 헤어지게 해줘』

저도 생각지 못했던 말이 튀어나왔습니다。

마담은 몸을 일으켜, 가벼운 한숨을 쉬었습니다。

그리고 저는, 이 또한 실로 생각지 못할 우스꽝스럽다고도 어리석다고도, 말로 표현하기 힘든 실언을 했습니다。

『나는, 여자가 없는 데로 갈 테야』

우하하, 하고 먼저, 넙치가 큰 소리로 웃었고, 마담도 키득키득 웃었고, 저도 눈물을 흘리며 얼굴이 빨개져서, 피식피식 웃었습니다。

『그래, 그게 좋겠네요』

하고 넙치는, 언제까지고 칠칠치 못하게 웃으며,

『여자가 없는 데로 가시죠。 여자가 있으면, 도무지 못쓴다니까요。 여자가 없는 데라, 좋은 생각이군요』

여자가 없는 곳。 하지만、 제 어리석은 헛소리는、 훗날、 매우 음산하게 실현되었습니다。

요시코는、 왠지、 제가 자기 대신 독약을 먹기라도 했다는 듯、 그전보다도 더 한층、 저에게、 쩔쩔맸고、 제가 무슨 말을 해도 웃지도 않고、 그리고 제대로 말도 걸지 못하는 것 같아、 저도 방 안에 있기가、 거북하여、 저도 모르게 밖으로 나가、 변함없이 싸구려 술을 들이켜게 되었습니다。 그러나、 그 디알 사건 이후、 제 몸은 부쩍 야위었고、 손발이 나른하여、 만화 일도 등한시하게 되었는데、 넙치가 그때、 병문안이랍시고 두고 간 돈 (넙치는 그것을、 시부타의 마음입네、 하며 마치 자기 주머니에서 나온 돈인 양 내밀었지만、 이것도 고향 형님들이 준 돈 같았습니다。 저도 그 무렵에는、 넙치 집에서 도망쳤던 때와는 달리、 넙치의 그런 점잖은 연극을、 어렴풋하게나마 꿰뚫어볼 수 있게 되어、 저도 능글맞게、 전혀 눈치 채지 못한 척을 하며、 순순히 그 돈에 대한 감사의 인사를 넙치에게 했지만、 하지만、 넙치가、 왜、

그런 얄미운 수작을 부리는지, 알 듯, 모를 듯, 아무리 해도 저는, 이상한 느낌이 들어 견딜 수가 없었습니다), 그 돈으로, 큰 맘 먹고 혼자 남이즈(南伊豆) 온천에 가보기도 했습니다만, 절대 그런 느긋한 온천 여행 따위를 할 수 있는 형편도 아니거니와, 요시코를 생각하면 쓸쓸하기 한이 없어, 여관방에서 산을 바라본다는 등 하는 한적한 심경은 고사하고, 옷도 갈아입지 않고, 탕에도 들어가지 않고, 밖으로 뛰쳐나가서는 지저분한 다방 같은 데로 뛰어 들어가 소주를, 그야말로 들이부을 정도로 마시고, 몸 상태가 더 나빠져서 도쿄로 돌아왔을 뿐이었습니다.

도쿄에 폭설이 내린 밤이었습니다. 저는 술에 취해 긴자 뒷골목을, 고향 땅이 여기서 몇백 리, 고향 땅이 여기서 몇백 리,[24] 하고 나지막한 목소리로 되풀이하고 또 되풀이하고 중얼대듯 노래를 부르며, 계속 내려와 쌓이는 눈을 구둣발로 차 흐트러뜨리며 걷다가, 돌연, 토했습니다. 그것은 제 첫 번째 각혈이었습니다. 눈 위에, 커다란 일장기가 생겼습니다. 저는, 한동안 쭈그리고 앉았다가, 그러고 나서, 더

렵혀지지 않은 곳에 있는 눈을 두 손으로 퍼내어、 세수를 하며 울었습니다。

여기는 어드메 골목인가요[25]?

여기는 어드메 골목인가요?

애처로운 계집아이 노랫소리가、 환청인 양、 희미하게 멀리서 들려옵니다。 불행。 이 세상에는、 가지각색의 불행한 사람들이、 아니、 불행한 사람뿐、 이라고 해도 과언은 아닐 테지만、 하지만、 그 사람들의 불행은、 말하자면 세상을 향해 당당히 항의할 수 있고、 또 「세상」 역시 그 사람들의 항의를 쉬이 이해하고 동정합니다。 그러나、 제 불행은、 모두 제 죄악에서 비롯되었기에、 아무에게도 항의할 수 없고、 또 한 우물거리면서 한마디라도 항의 비슷한 것을 내뱉으면、 넙치가 아니더라도 세상 사람들이 전부、 잘도 그런 말을 지껄이는구나 하고 어이없어 할 것이 분명하기도 하고、 저는 도대체가 속된 말로 「저뿐이 모르는 놈」인지、 아니면 그와 반대로、 마음이 너무 약한 것인지、 저도 뭔지 잘 모르겠습니다만、 어쨌든 죄악 덩어리 같아서、 끝없이 저절로 불행해지기만 할 뿐、 막아 세울 구체적인 방법이 없습니다。

저는 일어나、 우선 뭔가 적당한 약을、 하고 생각하고、 근처 약국으로 들어가、 거기 주인아주머니와 얼굴을 마주한、 순간、 아주머니는、 사진기 플래시라도 터진 것처럼 고개를 들어 눈을 번쩍 뜨며、 선 채로 얼어붙었습니다。 하지만、 그 놀란 얼굴에는、 경악도 혐오도 아닌、 거의 구원을 바라는 듯한、 그리워하는 듯한 기색이 어려 있었습니다。 아아、 이 사람도、 분명 불행한 사람이다、 불행한 사람은、 다른 사람의 불행에도 민감한 법이니까、 하고 생각했을 때、 문득、 그 아주머니가 목발을 짚고 위태위태하게 서 있다는 것을 눈치 챘습니다。 뛰어가 부축하고 싶은 마음을 억누르며、 여전히 그 아주머니와 마주보고 있는 사이、 눈물이 흘러나왔습니다。 그러자、 아주머니의 커다란 눈에서도、 눈물이 주르륵 넘쳐 나왔습니다。

그렇게、 한마디도 걸지 못하고、 저는 그 약국을 나와、 비틀거리며 아파트로 돌아가서、 요시코에게 소금물을 타게 하여 마신 뒤、 조용히 잠을 잤고、 이튿날도、 감기

기운이 있다고 거짓말을 하면서 온 종일 잠을 잤는데、 밤、 제 비밀스런 각혈이 도무지 불안하여 가만있지 못 하고、 일어나、 그 약국으로 가서、 이번에는 웃으면서、 주인아주머니에게、 정말로 솔직하게 지금까지의 몸 상태를 고백하고、 상담을 했습니다。

『술을 끊으셔야 해요』

저희들은、 피붙이 같았습니다。

『알코올중독이 된 건지도 모르겠네요。 지금도 마시고 싶은데』

『안 돼요。 저희 집 양반도、 폐결핵인 주제에、 균을 술로 죽인다나 뭐라나 하다가、 술독에 빠져서는、 제 손으로 명을 재촉했어요』

『불안해서 못 살겠습니다。 무서워서、 도대체、 안 되겠어요』

『약을 드릴게요。 술만큼은、 끊으세요』

주인아주머니（미망인이고、 사내아이가 하나 있는데、 그게 지바(千葉)인지 어딘지 의

대에 들어가자마자, 아버지와 같은 병에 걸려, 휴학하고 입원 중이며, 집에는 중풍에 걸린 시아버지가 누워 있고, 아주머니 자신은 다섯 살 때, 소아마비로 한쪽 다리를 전혀 쓸 수 없었습니다) 는, 목발을 또각또각 짚으며, 저를 위해 이쪽 선반, 저쪽 서랍에서, 여러 가지 약품을 챙겨주었습니다.

이건, 조혈제.

이건, 비타민 주사약. 주사기는, 여기.

이건, 칼슘 알약. 위장을 다치지 않게, 디아스타아제.[26)]

이건 뭐, 저건 뭐, 하며 대여섯 가지 약품에 대한 설명을 애정을 담아 해주었지만, 하지만, 이 불행한 아주머니의 애정 역시, 저에게 지나치게 깊었던 것입니다. 마지막으로 아주머니가, 이건, 아무리 해도 정말로 술이 마시고 싶어서, 못 참을 때 필요한 약, 이라면서 재빨리 종이에 싼 작은 상자.

모르핀 주사약이었습니다.

술보다는, 해롭지 않을 거라고, 아주머니도 말해서, 저도 그걸 믿었고, 한편으로, 저도 술에 취하는 것도 정말이지 불결하게 느껴졌던 참이기도 했고, 오랜만에 알코올이라는 사탄으로부터 벗어날 수 있다는 게 기쁘기도 해서, 아무런 주저도 없이, 저는 제 팔에, 그 모르핀 주사를 놓았습니다. 불안도, 초조도, 수치도, 깨끗하게 제거되어, 저는 몹시도 쾌활한 이야기꾼이 되는 겁니다. 그리고, 그 주사를 맞으면 저는, 몸이 쇠약한 것도 잊고, 만화 일에 몰두하게 되어, 제가 그리면서 웃음보가 터져버릴 만큼 절묘한 줄거리가 생각나는 겁니다.

하루 한 대라고 생각했던 것이, 두 대가 되고, 네 대가 되었을 즈음에는, 저는 이제 그것이 없으면, 일을 할 수 없게 되었습니다.

『안 돼요, 중독이 되면, 정말 큰일 나요』

약국 주인아주머니에게 그런 말을 듣고, 저는 이미 상당한 중독자가 되어 버렸나 보다 생각이 들었고, (저는, 다른 사람의 암시에 참으로 쉽게 걸려드는 성격입니다。이 돈은 쓰면 안 돼、라고 해도、하긴 네가 알아서 할 일이니까、하는 말을 들으면、왠지 안 쓰면 미안한 듯한、기대를 저버리는 듯한、이상한 착각이 들어서、기어코 금세 그 돈을 써버리고 마는 겁니다）그 중독의 불안 때문에、오히려 약을 더 많이 찾게 되었습니다。

『부탁이야！한 상자만 더。계산은 월말에 꼭 할 테니까』

『돈 같은 건、언제라도 상관이 없는데、경찰 쪽이、시끄러워서요』

아아、언제나 제 주변에는、뭔가 탁하고 어둡고、수상쩍은 음지인의 분위기가 떠도는 겁니다。

『그건 어떻게든、둘러대고、부탁이야、아줌마。키스해줄게』

아주머니는、얼굴을 붉힙니다。

저는、더더욱 매달리며、

『약이 없으면、일이 조금도、진척이 안 된다구。나한텐、그건 피로회복제 같은 거라구』

『그럼、차라리、호르몬 주사가 좋을 거예요』

『바보 취급 하지 마。술이냐、아니면、그 약이냐、둘 중 하나가 아니면 일을 할 수가 없다구』

『술은、안 돼요』

『그렇지? 나는 말이지、그 약을 쓰고 나서부터、술은 한 방울도 안 마셨어。덕분에、몸 상태가 아주 좋아。나도、언제까지、형편없는 만화나 그리고 앉았을 생각은 없어、이제부터、술도 끊고、몸도 낫고、공부도 해서、꼭 훌륭한 그림쟁이가 되겠어。지금이 중요한 시점이야。그러니까、응? 부탁해。키스해줄까?』

아주머니는 웃음을 터뜨리더니、

『난처하게。중독돼도 몰라요』

또각또각 목발 소리를 내며、그 약품을 선반에서 꺼내、

『한 상자는、못 주겠어요。금방 써버릴 테니까。반이요』

『쩨쩨하게。뭐、별수 없지』

집으로 돌아와、곧장 한 대、주사를 놓습니다。

『안 아파요?』

요시코는、쭈뼛쭈뼛 제게 묻습니다。

『그야 아프지。그치만、일의 능률을 올리기 위해서는、싫어도 이걸 써야 해。나 요새、아주 건강하지? 자、일하자。일、일』

하고 지껄여대는 겁니다。

깊은 밤、약국 문을 두드린 적도 있습니다。잠옷 차림으로、또각또각 목발을 짚고 나온 아주머니에게、느닷없이 달려들어 키스하고、우는 시늉을 했습니다。

아주머니는、말없이 제게 한 상자、건넸습니다。

약품도 또한、소주와 똑같이、아니、그 이상으로、끔찍하고 불결한 것이라고、

정도의 애수로 불어나, 아주머니는, 제 얼굴을 보면 눈물을 글썽였고, 저도 눈물을
아무리 일을 해도, 약 사용량이 점차로 늘고 있어서, 약값으로 진 빚이 무서울
다 할 뿐이었습니다。
구나, 하고 골몰하면서도, 역시, 아파트와 약국 사이를 반미치광이 몰골로 왔다 갔
커지고 또거워질 뿐이구나, 죽고 싶다, 죽어야만 한다, 살아있는 것이 죄의 씨앗이
폭포 따위, 나는 바랄 수도 없구나, 그저 더러운 죄 위에 비참한 죄가 쌓여 고뇌가
을 해도, 엉망이 될 뿐이구나, 거듭 수치를 당할 뿐이구나, 자전거, 신록 우거진
죽고 싶다, 차라리 죽고 싶다, 이제 돌이킬 수 없구나, 어떤 짓을 해도, 무슨 짓
습니다。
기 시작했고, 그리고, 그 약국 불구 아주머니와 글자 그대로 추잡한 관계까지 맺었
뻔함의 극치였습니다。 저는 그 약품을 얻고 싶다는 일념으로, 다시금 춘화를 베
절실히 깨달았을 때는, 이미 저는 완전한 중독자가 되어 있었습니다。 진정으로, 뻔

흘렸습니다。

지옥。

이 지옥에서 벗어나기 위한 최후의 수단、그것이 실패한다면、이제 다음은 목을 매달 뿐이다、라며 신의 존재를 걸 만큼 굳게 마음을 먹고、저는、고향에 계신 아버지 앞으로 긴 편지를 써서、제 실정 일체를 (여자 얘기는 역시 쓸 수 없었습니다) 고백하기로 했습니다。

하지만、결과는 더욱더 나빠졌는데、아무리 기다려도 아무런 답장도 없었고、저는 그 초조와 불안 때문에、오히려 약 사용량을 늘리고 말았습니다。

오늘 밤、열 대、한꺼번에 주사를 놓고、그리고 스미다 강에 뛰어들자、마음속으로 각오를 다졌던 그날의 오후、넙치가、악마의 육감으로 냄새를 맡은 것처럼、호리키를 데리고 나타났습니다。

『너、각혈했다고 해서』

호리키는, 제 앞에 가부좌를 틀고 앉아 그리 말하며, 이제껏 본 적도 없을 만큼 상냥하게 미소를 지었습니다. 그 상냥한 미소가, 고마워서, 기뻐서, 저는 그만 고개를 돌리고 눈물을 흘렸습니다. 그리고 그 상냥한 미소 하나로, 저는 완전히 부서졌고, 매장당하고 말았습니다.

그들은 저를 자동차에 태웠습니다. 좌우간 입원을 해야 한다, 뒷일은 우리에게 맡겨라, 하고 넙치도, 점잖은 말투로, (그건 자비롭다고 표현하고 싶을 정도로, 너무나 차분한 말투였습니다) 제게 권했고, 저는 의지도 판단도 아무것도 없는 사람처럼, 그냥 훌쩍훌쩍 울면서 유유낙낙, 두 사람 말에 따랐습니다. 요시코까지 네 명, 저희들은, 꽤 오랫동안 덜컹거리는 자동차를 타고, 주위가 어둑어둑해졌을 무렵, 숲속에 있는 큰 병원, 현관에 도착했습니다. 폐결핵 요양원이라고만 생각했습니다.

저는 젊은 의사에게 대단히 점잖고, 정중하게 진찰을 받았고, 그리고 나서 의사는,

『음、한동안 여기서 요양을 하셔야겠네요』

하고、마치、쑥스럽다는 듯한、미소를 지으며 말했고、넙치와 호리키와 요시코는、저를 혼자 두고 돌아가게 되었는데、요시코는 갈아입을 옷가지가 들어 있는 보따리를 제게 건넸고、그리고 말없이 허리춤에서 주사기와 쓰다 남은 그 약품을 꺼냈습니다。역시、피로회복제라고만 생각했던 것 같습니다。

『아니、이제 필요 없어』

참으로、신기한 일이었습니다。권할 때、그것을 거부한 것은、제、그때까지 생애에서、그때 단 한 번、이라 해도 과언이 아닐 겁니다。제 불행은、거부하는 능력이 없는 자가 겪는 불행이었습니다。권하는 것을 거부하면、상대방 마음에도 제 마음에도、영원히 지울 수 없는 선명한 균열이 생길 것만 같은 공포가 저를 겁박했던 것입니다。그렇지만、저는 그때、그토록 반미치광이가 되어 찾아 헤매던 모르핀을、실로 자연스럽게 거부했습니다。이를테면 요시코의 「천사 같은 무지함」

에 한 방 얻어맞았다고나 할까요。 저는、 그 순간、 이미 중독에서 벗어났던 걸지도 모릅니다。

하지만、 저는 그 다음 바로、 그 수줍게 미소 짓던 젊은 의사에게 안내되어、 어느 병동으로 들어갔는데、 철컥、 하고 자물쇠가 채워졌습니다。 정신병원이었습니다。

여자가 없는 데로 가고 싶다고、 그 디알을 삼켰을 때 제가 내뱉은 바보 같은 헛소리가、 정말이지 기묘하게 현실로 이루어진 것입니다。 그 병동에는 남자 정신병자뿐이 없었고、 간호사까지 남자라서、 여자는 한 명도 없었습니다。

이미 저는、 죄인 정도가 아니라、 정신병자였던 것입니다。 아니、 결단코 저는 정신병자가 아닙니다。 한순간도、 미쳤던 적은 없습니다。 그렇지만、 아아、 정신병자는、 대부분 그렇게 말하는 법이라고 합니다。 즉、 이 병원에 들어온 사람은 미치광이、 들어오지 않은 사람은、 정상이라는 말 같습니다。

신에게 묻노라。 무저항이 죄더냐?

호리키의 그 이상하게 아름다운 미소에 저는 울었고, 판단도 저항도 잊고 자동차에 올라, 그리고 여기로 왔고, 정신병자라는 게 되었습니다. 언젠가, 여기에서 나가도, 저는 역시 정신병자, 아니, 폐인이라는 각인을 이마에 새겨야 할 겁니다.

인간, 실격.

이미, 저는, 완전히, 인간이 아니었습니다.

여기에 온 것은 초여름쯤, 쇠창살 너머로 병원 뜰에 있는 작은 연못가에 빨간 목련꽃이 핀 것이 보였는데, 그로부터 석 달이 흘러, 뜰에 코스모스가 피기 시작하자, 뜻밖에도 고향 큰형님이, 넙치를 대동하고 저를 데리러 와서는, 아버지께서 지난 달 말 위궤양으로 돌아가셨다, 우리는 이제 네 과거는 묻지 않겠다, 먹고 살 걱정도 안 시킨다, 아무것도 안 해도 된다, 그 대신, 이런저런 미련도 있겠지만 당장 도쿄를 떠나, 시골에서 요양생활을 시작해라, 네가 도쿄에서 저지른 일 뒷수습은, 대충 시부타가 해주었을 테니, 그건 신경 안 써도 된다, 고 변함없이 고지식하고 긴장한 듯한 어조로 말했습니다.

고향 산천이 눈앞에 아른거려, 저는 천천히 고개를 끄덕였습니다.

그야말로 폐인.

아버지께서 돌아가신 것을 알고 난 후부터, 저는 점점 얼간이가 되어갔습니다. 아버지는, 이제 없다, 내 가슴속에서 한시도 떠나지 않았던, 그립고도 두려운 존재가, 이제 없다, 제 고뇌의 항아리가 텅 빈 기분이었습니다. 제 고뇌의 항아리가 지독하게 무거웠던 것도, 아버지 탓은 아니었을까 하는 생각까지 들었습니다. 완전히, 맥이 풀려버렸습니다. 고뇌할 능력조차 잃었습니다.

큰형님은 저에 대한 약속을 정확하게 실행해주었습니다. 제가 나고 자란 마을에서 기차로 너덧 시간, 남쪽으로 내려간 곳에, 도호쿠 지방으로서는 드물게 따뜻한 바닷가 온천 마을이 있는데, 그 마을 변두리, 방은 다섯 개나 됩니다만, 상당히 오래된 집인 듯 벽은 벗겨져 떨어지고, 기둥은 벌레가 먹어, 거의 수리도 할 수 없을 만큼 누추한 집을 사들여 저에게 내주며、 육순이 다 된 머리칼이 불그레한 못생긴 하녀를 하나 붙여주었습니다。

그로부터 삼 년 남짓 지나는 사이에 그 데쓰라는 늙은 하녀는 몇 차례 이상한 방식으로 저를 겁탈했고、 가끔은 부부싸움 같은 것을 했는가 하면、 가슴의 병은 일진(一進) 일퇴(一退)、 살이 쪘다가 빠졌다가、 혈담이 나왔다가 안 나왔다가、 그리고 어제、 데쓰에게 칼모틴을 사 오라고、 마을 약국에 심부름을 보냈더니、 여느 때의 상자와는 모양이 다른 칼모틴을 사 왔기에、 그다지 저도 마음에 두지 않았는데、 자기 전에 열 알을 먹어도 전혀 잠이 오질 않아서、 이상한데、 하고 생각하던 중、 배 속 상태가 예사롭지 않아 급히 변소로 갔더니 맹렬한 설사、 게다가、 그 후로 연달아 세 번이나 변소에 들락거렸습니다。 미심쩍기 짝이 없어、 약 상자를 잘 보니、 그건 헤노모틴이라는 설사약이었습니다。

저는 벌렁 드러누워、 배에 뜨거운 물주머니를 얹고、 데쓰에게 잔소리를 해줘야겠다고 생각했습니다.

『이봐, 이건 말이야, 칼모틴이 아니야. 헤노모틴, 이라구』

하고 말하고, 후후후, 하고 웃어버렸습니다. 「폐인」은, 아마 그건, 희극명사 같습니다. 잠들자고 설사약을 먹질 않나, 심지어, 그 설사약 이름은, 헤노모틴.[27]

이제 저에게는, 행복도 불행도 없습니다.

그저, 모든 것은 지나갑니다.

제가 지금껏 살아온 아비규환의 「인간」 세상에서, 오직 하나, 진리라고 여기는 것은, 그것뿐입니다.

그저, 모든 것은 지나갑니다.

저는 올해로, 스물일곱이 됩니다. 흰머리가 눈에 띄게 많아서, 사람들은 대개, 저를 마흔이 넘게 봅니다.

후기

이 수기를 쓴 정신병자를, 나는, 직접 알지는 못한다。그렇지만, 이 수기에 나오는 교바시에 있는 스탠드바 마담으로 생각되는 인물을, 나는 조금 알고 있다。몸집이 작고, 안색이 좋지 않고, 눈이 가늘게 치켜 올라갔고, 코가 높고, 미인이라기보다, 미남이라고 하는 편이 나을 정도로 다부진 느낌이 나는 사람이었다。이 수기에는, 아무래도, 쇼와(昭和) 육, 칠년,[28] 그 무렵의 도쿄 풍경이 주로 묘사되어 있는 것 같은데, 내가, 그 교바시 스탠드바에 친구에게 이끌려 두세 번, 들러, 하이볼 같은 걸 마신 것이, 저 일본 「군부」가 슬슬 노골적으로 설쳐대기 시작한 쇼와 십년 전후의 일이었으니까, 이 수기를 쓴 남자와는 마주쳤을 리가 없을 것이다。

그런데、금년 이월、나는 지바 현 후나바시(船橋) 시로 피난을 가 있는 한 친구를 방문했다。그 친구는、내 대학시절、말하자면 학교 친구로、지금은 모 여자대학교에서 강의를 하고 있는데、실은 이 친구에게 우리 집안사람의 혼담을 의뢰하여 두었던 터라、그런 일도 있고、뭔가 신선한 해산물이라도 사서 식구들에게 먹여야겠다는 생각에、배낭을 등에 짊어지고 후나바시로 떠났던 것이다。

후나바시 시는、진흙탕빛 바다에 면해 있는 상당히 큰 마을이었다。타지에서 이주해 온 그 친구 집은、그 고장 사람에게 주소와 번지를 보여줘도、좀처럼 모르는 것이다。추운데다、배낭을 멘 어깨가 아파져서、나는 레코드 바이올린 소리에 이끌려、어느 다방 문을 밀었다。

거기 마담이 낯이 익어、물었더니、바로、십 년 전 그 교바시 작은 바의 마담이었던 것이다。마담도、나를 곧 기억해낸 것 같아서、서로 야단을 떨며 놀라고、웃고、그리고 이런 자리에서 항상 하는、그、공습으로 집이 불타버린 경험을 서로、

묻지도 않았는데, 정말이지 자랑처럼 늘어놓으며,

『마담은, 그나저나, 변함이 없군요』

『아뇨, 이젠 할머니죠。온몸이, 삐거덕거려요。그쪽이야말로 젊어 보이네요』

『천만에요。아이가 벌써 셋이나 있는 걸요。오늘은 그 녀석들 줄 걸 사려고』

라는 둥, 이것도 역시 오랜만에 만난 사람끼리 늘 하는 뻔한 인사를 나누고, 그리고, 두 사람 공통의 지인들에 대한 소식을 서로 묻거나 하면서, 그러는 사이에, 문득 마담은 정색을 하며, 요조를 알고 계시려나요, 라고 한다。그건 모르겠다, 라고 대답하자, 마담은, 안쪽으로 가서, 노트 세 권과, 사진 석 장을 가지고 와 나에게 건네며,

『뭔가, 소설 재료가 될 지도 모르겠어요』

라고 말했다。

나는, 남이 떠맡긴 소재로는 글을 쓰지 못하는 성격이라, 당장 그 자리에서 돌려

줄까 생각했지만、（세 장의 사진、그 기괴함에 대해서는、서문에도 써두었다）그 사진에 마음을 빼앗겨、아무튼 노트를 받기로 하고、돌아가는 길에 다시 들르겠습니다、그런데 무슨 마을 몇 번지 아무개 씨라고、여자대학교에서 학생을 가르치는 사람 집을 아시느냐、물었더니、역시 새로 이사 온 사람끼리라、알고 있었다。가끔、이 다방에도 온다는 것이다。바로 근처였다。

그날 밤、친구와 조촐하게 술을 주거니 받거니 하다가、하룻밤 신세를 지기로 하고、나는 아침까지 한숨도 자지 않고、그 노트를 탐독했다。

그 수기에 쓰여 있는 것은、오래 전 이야기이긴 했지만、하지만、요즘 사람들이 읽어도、꽤 흥미를 가질 것임에 틀림없다。어설프게 내가 손을 대기보다는、그냥 이대로、어딘가 잡지사에 부탁하여 발표하는 편이、더、의미 있는 일일 거란 생각이 들었다。

아이들에게 선물할 해산물은、건어물뿐。나는、배낭을 짊어지고 친구 집을 나와

그 다방에 들러、

『어제는、감사했습니다。그런데……』

하고 바로 본론을 꺼내며、

『이 노트、잠깐 빌릴 수는 없을까요?』

『네。그러세요』

『이 사람、아직 살아있나요?』

『글쎄요、그게、통 알 수가 없네요。십 년쯤 전에、교바시 가게 앞으로、그 노트하고 사진이 소포로 배달됐는데、부친 사람은 요조가 맞겠지만、그 소포에는、요조 주소도、이름조차도 적혀 있지 않았어요。공습 때、다른 물건하고 섞여 있는 걸、이것도 신기하게 건진 건데、저는 요전부터 읽기 시작해서、전부 읽어봤는데……』

『우셨나요?』

『아뇨、운다기보다는……、못써요、사람도、그 지경이 되면、이제 글렀죠』

『그 후로 십 년、이면、벌써 죽었을지도 모르겠군요。이건、마담에 대한 감사의 뜻으로 보낸 걸 겁니다。약간、과장해서 쓴 것 같은 부분도 있지만、하지만、마담도 어지간히 당한 것 같은데요。만약에、이게 전부 사실이라면、그리고 제가 이 사람 친구였다면、역시 정신병원에 데려가고 싶어졌을 지도 몰라요』

『그 사람 아버지가 잘못한 거라구요』

아무렇지도 않다는 듯、그렇게 말했다。

『우리가 아는 요조는、아주 순수하고、배려를 잘 하고、그랬는데、술만 안 마시면、아니、마셔도……、천사처럼 착한 아이였어요』

（끝）

굿바이

변심(1)

문단의、한 노작가가 세상을 떴는데、그 고별식이 끝나갈 무렵부터、비가 내리기 시작。초봄에 내리는 비。

그리고 돌아가는 길、남자 둘이 한 우산을 함께 쓰고 걷고 있다。둘 다、작고한 노작가의 상가집에는 의리로 얼굴 도장을 찍었을 뿐、화제는、여자에 관한、지극히 점잖지 못한 이야기。문상복을 입은 덩치 큰 초로의 남자는 문사。그보다 훨씬 젊고 둥근 뿔테 안경에 줄무늬 바지를 입은 잘생긴 남자는、편집자。

『그 양반도、』하고 문사는 운을 뗀다。『여자를 밝혔던 모양이야。자네도、슬슬 정리할 때가 된 거 아닌가? 핼쑥해졌는데』

『전부、관둘 생각입니다』

편집자는、얼굴을 붉히며 대답한다。

이 문사、심히 노골적이며、상스러운 말을 입에 달고 사는지라、그 잘생긴 편집자、진작부터 그를 멀리했건만、오늘은 우산을 미처 준비하지 못해、별수 없이、문사의 우산 속으로 끌려들어가、결과적으로 이렇게 진땀을 빼는 중。

전부、관둘 생각입니다。하지만、그 말、아주 거짓말은 아니다。

뭔가、변했다。전쟁이 끝나고、삼 년、어딘지 모르게、변했다。

삼십사 세、잡지 「오벨리스크」 편집자、다지마 슈지(田島周二)、말투에 간사이 사투리가 조금 섞여 있는 듯하지만、자기 출생에 대해서는、거의 함구。천성이、야무진 남자로、「오벨리스크」 편집은 형식적인 직업이고、실은 암거래로、잔뜩、돈을 벌고 있다。그러나、옛말에 부정한 돈은 오래 못 간다고、술은 그야말로、들이 붓고、애인은 열 명 가까이 거느리고 있다는 소문。

하지만 그 남자, 총각이 아니다. 총각은커녕, 현재 부인과는 재혼이다. 전처는, 아무것도 모르는 딸아이 하나를 남기고, 폐렴으로 죽었는데, 그 후 도쿄 집을 팔고, 사이타마(埼玉) 현 친구 집으로 피난을 갔다가, 그 와중에, 현재 부인을 만나 결혼했다. 부인은 물론 초혼, 처갓집은, 꽤나 부유한 농가.

전쟁이 끝나고, 부인과 딸아이를, 처가에 맡기고, 단신으로, 도쿄로 상경, 변두리에 단칸방을 얻었는데, 거기는 그냥 잠만 자는 곳, 눈코 뜰 사이 없이 사방팔방 뛰어다니며, 짭짤하게, 돈을 벌었다.

하지만, 세상이, 어딘가 미묘하게 변해서인지, 아니면 평소 무절제한 생활 때문에 최근 부쩍 야위어서인지, 색즉시공, 술도 시시, 작은 집 한 채를 사서, 시골에서 처자식을 불러들인 다음…… 하는 향수병 같은 것이, 문득 가슴을 스치고 지나가는 일이 잦아졌다.

이제, 이쯤에서, 암거래 판에서는 발을 빼고, 오로지 잡지 편집일에만 전념하자。그러려면……

그 전에 당면한 난관。우선、여자들과 원만하게 헤어져야 한다。생각이 거기까지 이르자、과연、야무진 그 남자도、눈앞이 깜깜、한숨이 푹푹。

『전부、관둘 생각이라……』덩치 큰 문사는 입을 삐쭉이며 쓴 웃음을 지으며、『좋은 생각이긴 한데、대체、자네、여자가 몇 명인가?』

변심(2)

다지마는、울상이 된다。생각하면、할수록、자기 혼자 힘으로는、도저히、해결할 방법이 없다。돈으로 끝날 일이라면、무엇이 문제랴、하지만 여자들이、그 정도로 물러날 성 싶지가 않다。

『지금 생각하면, 제가 미쳐 있었던 것 같아요。여기저기 손을 너무 대놔서……』

이 초로의 불량 문사에게 모든 것을 털어놓고, 상담을 받아볼까, 문득 생각한다。

『의외로, 기특한 말을 다 하는군。다정도 병이라고, 바람기 많은 놈들이 이상하게 기분 나쁠 정도로 도덕에 집착하는데, 거기에 또, 여자들이 넘어가기도 하는 거겠지만。잘생겨, 돈 많아, 젊어, 덤으로 도덕적이고 상냥하기까지, 그러니 인기가 많을 수밖에。당연한 얘기지。자네가 끝내려고 해도, 상대가 순순히 받아들이지 않을 거야』

『바로 그거예요』

다지마, 손수건으로 얼굴을 훔친다。

『설마 우는 건 아니겠지?』

『아뇨, 비 때문에 안경알이 흐려져서……』

『아니, 목소리가 울고 있구만. 못 말리는 인기남 씨』

암거래를 하고 있는 터라, 그다지 도덕적이지도 않지만, 그 문사가 지적한 것처럼, 다지마라는 남자는, 바람둥이 주제에, 여자들에게 이상하리만치 의리를 지키는 일면도 가지고 있어, 여자들은, 그래서, 조금도 질투하지 않고 다지마에게 잘이 의지하고 있는 모양.

『뭔가 좋은 방법이 없을까요?』

『없어. 오륙 년 외국에라도 나갔다 오면 되겠지만, 요즘 같은 판국에 쉽게 외국으로 나갈 수도 없고. 아니면, 그 여자들 전부, 한방에 몰아넣고, 오랫동안 사귀었던 정든 내 친구여를 합창하든가, 아니, 스승의 은혜는 하늘 같아서 우러러볼수록 높아만지네가 좋으려나? 자네가 한 명 한 명 졸업증을 수여하고 말이지, 그러고 나서, 미친 척하고 훌랑 벗고 밖으로 뛰쳐나가 그대로 내빼는 거야. 이거면, 확실하지. 여자들도, 기가 막혀서, 포기할 거야』

상담이도 뭐고 글렀다。

『그럼 이만。 전、 여기서부터는 전철로……』

『뭐、 괜찮지 않나? 다음 역까지 걷지。 아무튼、 이건 자네한텐 중대한 문제니까。 둘이서 대책을 연구해보지 않겠나?』

문사는、 그날、 심심했는지、 좀처럼 다지마를 놔주지 않는다。

『야뇨、 이제、 저 혼자、 어떻게든……』

『아니、 아닐세、 자네 혼자서는 해결할 수 없어。 설마 자네、 죽을 생각은 아니겠지? 정말 걱정이 되는군。 여자한테 인기가 많아서 죽는다는 건、 비극이 아니야。 희극이야。 아니 익살극이지。 우습기 짝이 없어。 아무도 동정하지 않을 걸세。 죽는다는 생각은 버려。 음、 좋은 수가 생각났다。 입이 떡 벌어지는 미인을 어디서 찾아내서、 사정을 설명하고、 자네 마누라인 척해달라고 한 다음、 그 여자를 대동하고、 자네 애인들을 순방하는 거야。 효과 직방。 여자들은、 전부 조용히 물러나게 되어 있어. 어때? 해보지 않겠는가?』

물에 빠진 사람은 지푸라기라도 잡는다. 다지마는 약간 마음이 동했다.

행진(一)

다지마는 해보기로 했다. 하지만 여기에도 난관이 있다.

입이 떡 벌어지는 미인…… 못생겨서 입이 떡 벌어지는 추녀라면, 전철 한 정거장 걸어갈 때마다 서른 명은 찾아낼 수 있지만, 입이 떡 벌어질 정도로 예쁘다, 그런 여자는, 전설도 아니고 과연 현실에 존재하는 걸까, 의심스럽다.

원래 다지마는 용모 출중, 멋쟁이에다 허영심도 강해서, 못생긴 여자와 나란히 걸을 땐, 갑자기 배가 아프다는가 둘러대고 자리를 뜨는데, 현재 애인들도, 나름대로 꽤 미인이긴 하지만, 입이 떡 벌어지는 대단한 미인, 정도는 아니다.

그 비 내리던 날, 초로의 불량 문사가 옆에서 나오는 대로 지껄인 「비결」을 전수받고, 일단은 거 참 바보 같다고 내심 반발해봤지만, 딱히 좋은 수 비슷한 것도 전혀 떠오르지 않는다.

일단, 시도해보자. 혹시 세상 어딘가 한구석에, 그런 굉장한 미인이 널려 있을지도 모른다. 안경 속 다지마의 눈알은, 돌연 두리번두리번 경망스럽게 돌아가기 시작한다.

댄스홀, 다방, 대합실, 없어. 못생겨서 눈이 돌아갈 것 같은 여자뿐. 사무실, 백화점, 공장, 영화관, 스트립 클럽, 있을 리가 없다. 여대 교정 담장 너머를 한심스럽게 훔쳐보고, 미스 뭐, 미스 뭐 하는 미인대회장을 뛰어다니고, 신인 영화배우 오디션 현장에 몰래 들어가고, 발바닥에 불이 날 정도로 돌아다녀봤지만, 없었다.

그러나 사냥감은 돌아가는 길에 나타난다.

다지마는 이제 절망하여, 해 질 무렵의 신주쿠 역 뒷골목 암시장을 몹시 우울한 표정으로 걷고 있다. 애인 집을 방문할 마음도 생기지 않는다. 생각만 해도 오싹. 헤어져야 한다.

『다지마 씨!』

느닷없이 등 뒤에서 부르는 소리에, 펄쩍 뛸 정도로, 놀란다.

『예…… 누구…… 시더라?』

『어머, 제수없어』

목소리가 안 좋다. 까마귀라는 녀석이다.

『어라?』

하고 다시 쳐다본다. 못 알아본 것이다.

다지마는 그 여자를 안다. 암거래, 아니, 보따리장수다. 다지마는 그 여자와,

두세 번 어둠의 물건을 거래한 적이 있을 뿐이지만, 하지만, 까마귀 울음 같은 목소리와, 그리고, 놀라운 괴력으로 이 여자를 기억한다. 마르긴 했지만, 쌀 한 가마니를 짊어진다. 생선 비린내 나는 너덜너덜 누더기 덧옷, 몸뻬 바지에 고무장화, 여잔지 남잔지, 구분이 안 가는, 거의 거지꼴, 깔끔한 성격의 다지마는, 그 여자와 거래를 한 후, 서둘러 손을 씻었을 정도.

하지만 오늘은 뜻밖에도 신데렐라. 옷 취향도 고상. 몸매 호리호리. 손발이 가련하리만치 작고, 나이는 스물 서넛, 아니 대여섯, 우수를 머금은 얼굴은 배꽃처럼 어렴풋한 푸른 빛, 그야말로 고귀, 입이 떡 벌어지는 미인. 이것이 쌀 한 가마를 짊어지는 그 보따리장수라니!

목소리가 나쁜 게 옥에 티지만, 그거야, 침묵을 굳게 지키면 끝.

쓸 만하다.

행진(2)

옷이 날개라고 하지만、특히 여자는、걸친 것 하나로 뭐가 뭔지 모를 정도로 변한다。원래부터、요물인지도 모른다。하지만 이 여자(나가이 기누코 永井キヌ子)처럼、이렇게 확 변신할 수 있는 여자도 드물다。

『보아하니、돈 좀 벌었나본데。지독히도 말끔하게 차려 입었군』

『어머、재수 없어』

이거 원、목소리가 나쁘다。고귀함이고 자시고 분위기 확 깬다。

『부탁할 게 좀 있는데 말이야』

『얼씨구、쩨쩨하게 값이나 후려치구……』

『아니, 장사 얘기 말고。난 이제 슬슬 암거래에서 발 빼려고。그쪽은 아직도 보따리 짊어지나?』

『당연하지。안 그러면 주둥이에 풀칠도 못하니까』

말하는 것 하고는。말끝마다 천박。

『그런데, 차림새로 보면 아닌 거 같은데』

『그거야, 여자니까。가끔 차려 입고 영화도 보고 싶고 그런 거지』

『오늘은 영화?』

『응, 벌써 보고 오는 길이지。어, 뭐였더라? 도카이도(東海道) 보도여행……』

『도보여행이겠지。혼자?』

『어머, 재수 없게。남자는 응큼해서 싫어』

『그래서, 부탁이 있다는 거야。한 시간, 아니 삼십 분이면 돼, 시간 좀 내줘』

『좋은 얘기야?』

『너한텐 손해 없지』

둘이 나란히 걷고 있으면, 스쳐 지나는 사람 십중팔구는, 뒤돌아, 본다。다지마를 보는 게 아니라, 기누코를。자타공인 미남자 다지마도, 그야말로 입이 떡 벌어질 정도인 기누코의 기품에 눌려, 쓰레기처럼 하찮아 보인다。

다지마는 익숙한 어둠 속 요릿집으로 기누코를 안내한다。

『여기, 뭐, 잘 하는 요리라도 있어?』

『글쎄다, 돈가스를 잘하는 것 같은데』

『시켜。나, 배고픈데。또 뭐 있지?』

『웬만한 건 있긴 한데。도대체 뭘 먹고 싶은 건데』

『여기 잘 하는 거。돈가스 말고 다른 거 없어?』

『여기 돈가스, 커』

『짠돌이。됐어。내가 안에 가서 물어보고 와야지』

괴팍, 대식가。하지만 입 딱 벌어지는 미인이다。놓쳐선 안 돼。

다자마는, 위스키를 마시며, 기누코가 한도 끝도 없이 접시를 비우는 것을 부글부글 끓어오르는 심정으로 바라보다가, 그 부탁이란 것에 대해 입을 연다。

기누코는, 먹기만 하면서, 듣는 둥 마는 둥, 다자마가 하는 말에 거의 흥미가 없다는 눈치다。

『부탁, 들어줄 거지?』

『멍청아, 뭐하러 회사 만든 거 아니야?』

황진(3)

다자마는 뜻밖의 날카로운 공격에 주춤하면서도,

『그래, 화까닥했다, 그러니까 이렇게 부탁하잖아. 나도 죽기 일보 직전이라구』

『그렇게 성가시게 그러지 말고, 싫어졌으면, 그냥 확 안 만나면 되잖아?』

『그런 난폭한 짓은 못 하겠어. 상대방도, 앞으로 결혼도 해야 하고, 아니면 새 애인을 만들어야 할지도 모르잖아. 상대방이 마음을 확실히 정리할 수 있게 해주는 것이, 사나이의 책임이지』

『푸!· 책임 같은 소리하고 자빠졌네. 이별의 말이니 뭐니 하지만, 또 찝쩍대고 싶은 거잖아? 색골 같은 낯짝하고는』

『야, 야, 그렇게 막말하면 화낸다. 막말도 정도껏 해. 먹기만 하지 말고』

『밤만주 안 되나?』

『계속 먹을 생각이야? 위에 구멍 난 거 아냐? 병이야, 병. 너, 언제 한번 병원에 가는 게 좋겠다. 아까부터 엄청나게 먹었는데. 작작 좀 먹어』

『째째하긴. 여자라면 보통 이 정도는 먹네요. 이제 배불러요, 하고 빼는 여자는 뭔가, 음, 내승 떠는 거야. 나라면, 얼마든지 먹을 수 있어요, 하겠구만』

『아니, 됐어. 이 가게, 그렇게 싸지 않아. 너, 항상 이렇게 많이 먹나?』

『농담해? 얻어먹을 때만 그렇지』

『그럼, 이제부터, 얼마든지 사줄 테니까, 내 부탁도 좀 들어봐』

『근데, 내 장사를 쉬어야 하니까, 손해야』

『그건 따로 지불하지. 장사 손해 보는 만큼, 그때그때 확실하게 지불한다』

『그냥, 그쪽 옆에 딱 붙어서 다니기만 하면, 돼?』

『음, 그래. 단, 조건은 두 가지. 다른 여자 앞에서는 한마디도 뻥긋하지 마. 부탁할 게. 웃거나, 고개를 끄덕이거나, 고개를 젓거나, 뭐 대충 그 정도만. 다른 하나는, 다른 사람 앞에서 먹지 마. 나랑 둘이 있을 땐, 그거야, 아무리 먹어도 상관없는데, 다른 사람 앞에서는, 차 한 잔 정도로 참아줘』

『그리고, 또 줄 거지? 그쪽은 잰놈이에다 하도 가격을 후려쳐서 말이야』

『걱정 마。나도 지금 죽기 아니면 까무러치기야。실패하면 난 파멸이라구』

『복수의 진、이라는 건가?』

『복수의 진…… 바보냐? 배수의 진이겠지』

『어머、그래?』

이 여자、뻔뻔하다。다지마는、점점、불쾌해진다。하지만、예쁘다。씩씩하고、이 세상 것 같지 않은 기품이 있다。

돈가스。치킨 크로켓。참치회。오징어회。라면。장어。모듬전골。소고기 꼬치구이。모듬초밥。새우 샐러드。딸기 우유。

거기에다、밤만주까지 원하다니! 설마 여자들이 전부 이렇게 먹을 리는 없겠지。아니면、혹시?

행진(4)

기누코가 사는 아파트는, 세타가야(世田谷) 쪽에 있는데, 아침에는 항상, 보따리를 들고 장사를 하러 나가고, 오후 두 시 이후라면, 대개 한가하다고. 다지마는, 일주일에 한 번 정도, 시간이 괜찮은 날, 전화로 연락, 그리고 어딘가에서 만나, 둘이서 이별할 상대 여자가 있는 곳을 향해 행진하기로 기누코와 약속한다.

그리고, 며칠 후, 두 사람은 니혼바시(日本橋)의 어느 백화점 내에 있는 미용실을 향해 행진을 개시하게 된다.

멋쟁이 다지마는, 재작년 겨울, 불쑥 이 미용실로 찾아와, 파마를 한 적이 있다. 그쪽 「선생님」은, 아오키(青木)라는 삼십 세 전후의, 말하자면 전쟁미망인. 꼬시거나

한 것이 아니라、오히려 여자 쪽에서 다지마에게 들러붙은 모양새。아오키는、쓰키지에 있는 백화점 기숙사에서 니혼바시의 가게로 출퇴근을 하고 있는데、수입은、여자 혼자 겨우 생활할 정도。그래서、다지마는 생활비를 보조하게 되었고、현재、쓰키지 기숙사에서도、다지마와 아오키는 공공연한 관계로 인정받고 있다。

하지만、다지마는、아오키가 일하는 니혼바시의 가게에 얼굴을 내미는 일은 좀처럼 없다。자기 같은 말쑥한 미남이 드나들면、역시 영업에 방해가 될 것이 틀림없다고、다지마는 생각했던 것이다。

그러다가、갑자기、입이 떡 벌어지는 미인을 옆에 끼고、가게에 나타난다。

『안녕하신가』인사조차도 데면데면。『오늘은 아내를 데리고 왔어。피난 갔었는데、이참에 불렀지』

그걸로 충분。아오키도、눈매 시원시원、살결 뽀얗고 보들보들、빠지는 데 없는 상당한 미인이지만、기누코와 나란히 놓고 보니、마치 은 구두와 군화만큼 차이가 나는 것 같다.

미인 둘, 말없이 인사를 나눈다. 아오키는, 벌써 비굴한 울상을 짓고 있다. 어느 쪽이 이길지는 이제 명확하다.

전에도 말했다시피, 다지마는 여자에게 의리를 지키는 일면이 있어서, 지금껏 여자에게, 자기가 총각이라고 거짓말을 한 적은 없다. 시골에 처자식을 피신시켰다는 사실은, 처음부터 모두에게 밝혔다. 그 부인이 드디어 남편이 있는 곳으로 돌아온 것. 게다가, 그 부인이란 여자가, 젊고, 고귀하고, 교양 있어 보이는 절세미인.

아무리 아오키라 해도, 울상 짓는 것 말고는, 별수가 없었다.

『집사람 머리를, 약간만, 다듬어 줘』 기회를 놓칠세라, 다지마는 최후의 일격을 가하려 한다. 『긴자나, 어디나, 당신만큼 솜씨 좋은 사람이 없다는 소문이 있어서 말이지』

그건, 하지만, 꼭 빈말만은 아니다. 사실, 솜씨가 훌륭한 미용사였다.

기누코는 거울을 보고 앉는다。
아오키는、기누코의 어깨에 하얀 천을 두르고、머리를 빗겨주기 시작하는데、눈에는、눈물이、당장에라도 흘러내릴 만큼 가득。
기누코는 태연。
오히려 다지마가 자리를 뜬다。

행진(5)

머리 손질이 끝날 무렵、다지마는、살짝 미용실로 들어와、두둑한 돈다발을、미용사 상의 주머니에 스윽 집어넣으면서、거의 기도하는 심정으로、
『굿바이』

이렇게 속삭이는데, 그 목소리가 자기가 생각하기에도 의외다 싶을 만큼 위로하는 듯한, 사과하는 듯한, 상냥하면서도, 구슬픈 어조를 띠고 있다。

기누코는 말없이 일어선다。아오키도 말없이 기누코의 스커트 자락을 정리해준다。다지마는, 한 걸음 먼저 밖으로 나간다。

아, 이별은 괴롭다。

기누코는 무표정, 뒤따라오며,

『그렇게, 잘 하지도 않잖아』

『뭐가?』

『파마』

멍청이! 하고 큰소리를 쳐주고 싶었으나, 백화점 안이라, 참았다。아오키라는 여자는, 남의 흉 같은 건, 절대 보지 않았다。돈도 밝히지 않았고, 종종 세탁도 해주었다。

『이걸로、 이제、 끝?』

『그래』

다지마는、 왠지 울적하다。

『이정도로 벌써 헤어지다니、 저 여자도、 기개가 없네。 그럭저럭、 반반하잖아。 저 정도 얼굴이면……』

『닥쳐! 저 여자라니、 함부로 그렇게 부르지 마。 점잖은 사람이야、 그 사람은。 너 같은 여자랑은、 다르다구。 아무튼、 조용히 해줘。 네 까마귀 같은 목소리를 듣고 있으면、 미칠 것 같으니까』

『알았어、 알았어、 미안합니다람쥐』

와、 저 말도 안 되는 농담을 보라! 다지마는 돌아버릴 지경이다。

다지마는 묘한 허영심 때문에、 여자와 함께 다닐 땐、 지갑을 미리 여자에게 맡기고、 돈을 내게 하는데、 자신은 마치 계산 따위에 무관심하다는 듯、 대범한 척한다。

하지만, 지금까지, 어떤 여자도, 물어보지도 않고 멋대로 물건을 사지는 않았다。

하지만, 이 미안합니다람쥐 여사는, 아무렇지도 않게 쓴다。 백화점에는, 비싼 물건이 얼마든지 있다。 당당하게, 망설임 없이, 이른바 명품을 골라 재끼는데, 그럼에도 불구하고, 신기할 정도로 우아하고 고상한 물건뿐。

『적당히 좀 해줘』

『짠돌이』

『이제, 또 뭐 먹을 거지?』

『글쎄, 오늘은, 참아주지』

『지갑 돌려줘。 이제부터는, 오천 엔 이상, 쓰면 안 돼』

이젠, 허영이고 뭐고 없다。

『그렇게 많이는 안 써』

『아니, 썼어。 나중에 내가 남은 돈을 확인해보면 알지。 만 엔 이상은, 확실히 썼다。요전에 먹은 요리도 싸지는 않았다구』

『그러면、관두는 게 어때? 나도、좋아서、그쪽하고 같이 다니는 거 아니거든』

협박에 가깝다。

다지마는、한숨만 뱉을 뿐。

괴력(1)

그러나、다지마 역시、애초에 보통내기는 아니다。암거래 치다꺼리를 해서、한 번에 수십만 엔은 거뜬히 버는、말하자면 약삭빠르고 빈틈없는 재주꾼이다。

기누코가 사정없이 마구 낭비하는 꼴을、잠자코 보고만 있을 미덕을 지닌 인물이 아닌 것이다。뭔가、그에 상응하는 보답을 받지 않으면、왠지 개운치가 않다。

젠장맞을! 진방져! 자빠뜨려주마!

이별 행진은, 그 다음 일이다. 우선, 저 녀석을 완전히 정복해서, 고분고분하고 순종적이고 검소하고 조금만 먹는 여자로 바꾸고, 그런 다음에 다시 행진을 계속한다. 지금 이대로라면, 아무튼 돈이 너무 많이 들어서, 행진을 계속할 수 없다.

승부의 비결. 적으로 하여금 접근하지 못하게 하면서, 적에게 접근할 것.

다지마는, 전화번호부에서, 기누코의 아파트 주소를 찾아내, 위스키 한 병과 땅콩 두 봉지를 사들고 찾아가, 배가 고파지면 기누코에게 한턱내게 하려는 속셈. 그리고 위스키를 벌컥벌컥 마시고 취한 척하고 자버리면, 다음 일은, 내 마음대로다. 일단은 아주 싸게 먹힌다. 여관비도 필요 없다.

여자에게 늘 자신만만한 다지마가, 이런 난폭하고 파렴치하고 잔인한 공략법을 생각해 낼 줄이야. 이 양반, 어지간히, 제정신이 아니다. 기누코가 돈을 너무 많이 써서, 미쳐버린 건지도 모르겠다. 색욕을 삼가야 하는 것도 그렇거니와, 사람이 너무 돈에 집착하여、 본전 생각에 안절부절못하면 그것도 또한、 결과가 그다지 좋은 것 같지는 않다。

다지마는、 기누코가 얄미운 나머지、 거의 인간 이하의 인색하고 야비한 계획을 세웠다가、 끝내、 엄청난 봉변을 당하는 지경에 이르게 된다。

저녁、 다지마는、 세타가야에 있는 기누코의 아파트로 찾아간다。 오래되고 음침한 목조 이 층짜리 아파트。 기누코의 방은、 계단을 오르면 바로 맞은편이다。

노크。

『누구야?』

안에서、 까마귀 목소리。

문을 열고、 다지마는 깜짝 놀라、 그 자리에 얼어붙는다。

난잡。 악취。

아아、 황량하도다。 다다미 넉 장 반。 방바닥에 낀 시커먼 기름때는 반들반들 윤이 나고、 물결처럼 울퉁불퉁、 다다미 가장자리는 닳아서 흔적조차 남아 있지 않다。방 한가득、 보따리장사 물품으로 보이는 석유통이니、 사과 상자니、 됫병이니、 뭔가를 싸놓은 보자기니、 새장 같은 것이니、 휴지니、 거의 발 디딜 틈 없을 만큼、 여기저기 널브러져 있다。

『뭐야、 그쪽이었어? 왜 왔어?』

그게 또、 기누코의 복장으로 말할 것 같으면、 몇 년 전 봤을 때 입고 있던 그 거지꼴、 덕지덕지 때가 탄 몸뻬 바지를 입고、 남잔지 여잔지、 도저히 모르겠다。

방 벽에는 상호신용금고 선전 포스터가 딱 한 장、 다른 덴 어딜 봐도 장식 비슷한 게 없다。 심지어 커튼도 없다。 이것이 스물대여섯 아가씨 방이란 말인가。 작은 전구가 하나、 어두침침、 그저 황량。

괴력(2)

『놀러 왔어』 하고 말하는 다지마、 오히려 공포에 떨며、 기누코와 같은 까마귀 목소리를 낸다。 『근데、 나중에 다시 와도 되고』

『뭔가 꿍꿍이가 있군。 쓸데없이 돌아다니지 않는 양반이』

『아니、 오늘은、 진짜……』

『확실히 말하라구。 그쪽은 여자처럼 너무 깔끔을 떨어서』

그건 그렇고、 끔찍한 방이다。

여기에서、 이 위스키를 마셔야 한단 말인가。 아아、 좀 더 싼 위스키를 사 오는 건데。

『깔끔을 떠는 게 아니야。깔끔한 거지。넌 오늘도 지저분하잖아』

똥이라도 씹은 표정으로 말한다。

『오늘은、좀 무거운 걸 짊어졌더니 좀 피곤해서、지금까지 낮잠을 자고 있었어。아아、그래、좋은 물건이 있어。방으로 들어오는 게 어때? 생각보다 싸다구』

어쩐지 장사 이야기 같다。돈벌이라면、방 지저분한 게 문제랴。다지마는、구두를 벗고、방바닥에서 비교적 무난한 곳을 골라、외투를 입은 채 책상다리를 하고 앉는다。

『그쪽、명란젓 같은 거 좋아하겠지? 술꾼이니까』

『아주 좋아하지。여기 있나? 잘 먹을게』

『장난하나。돈을 내야지』

기누코는、넉살도 좋게 오른 손바닥을 다지마 코앞에 들이민다。

다지마는、진저리가 난다는 듯 입을 삐쭉거리며、

『네가 하는 짓거리를 보고 있으니, 정말, 인생이 허무해진다. 그 손 저리 치워. 명란젓 같은 거 필요 없어. 개도 안 먹을 물건을』

『싸게 해준다니까, 멍청아. 맛있다구, 본고장에서 온 거라. 수작부리지 말고, 돈 내봐』

진득진득, 손을 집어넣을 기색도 없다.

불행하게도, 명란젓은 나지마가 정말 좋아하는 음식, 위스키 안주로 그것만 있으면, 다른 것은 아무것도 필요 없다.

『조금만, 사볼까』

나지마는 못마땅하다는 표정으로, 기누코의 손바닥에, 커다란 지폐 석 장을, 올려놓는다.

『넉 장 더』

기누코는 태연하게 말한다.

놀란 다지마。

『바보야、적당히 해』

『짠돌이。한 통 화끈하게 사라구。고등어도 반 마리만 살 양반이네。짠돌이』

『좋아。한 통 산다』

과연、깔끔 떠는 남자 다지마도、이렇게 되니、진짜 화가 치밀어、

『자、한 놈、두시기、석 삼 너구리。이거면 됐지? 손 집어넣어。너 같은 파렴치한을 낳은 부모님 얼굴이 궁금하다』

『나도 궁금하네요。그리고 한 대 패주고 싶네요。버리면 파도 말라 죽는다는데 말이야』

『뭐야、시시하게 신세타령은。컵 좀 빌려줘。지금부터 위스키에 명란젓을 먹을 테다。음、땅콩도 있어。이건 너 주지』

괴력(3)

다지마는, 위스키를 커다란 컵으로 꿀꺽, 꿀꺽, 두 모금에 비운다. 오늘에야말로, 이렇게 해서는 기누코를 벗겨먹을 심산으로 왔는데, 반대로 이른바 「본고장」에서 온 무섭도록 비싼 명란젓을 강매당하고, 게다가, 기누코는 아까운 줄도 모르고 명란젓 한 통을 몽땅, 앗, 할 새도 없이 서걱서걱 잘라서 지저분한 그릇에 수북 담아, 거기에 미원 비슷한 걸 듬뿍 뿌리더니,

『드셔. 미원은 서비스야. 신경 쓰지 마』

명란젓, 도저히 이렇게 많이, 먹을 수 있는 게 아니다. 게다가 또, 미원을 뿌리다니, 엉망진창. 다지마는 비통한 표정을 짓는다. 지폐 일곱 장을 촛불에 태운다

해도 이렇게 통렬한 상실감은 들지 않을 것이다. 설로, 헛되다. 의미 없다.

산처럼 쌓인 명란젓 밑부분, 미원이 닿지 않은 한 조각 명란젓을, 다지마는, 울상이 되어 집어먹으며,

『너, 요리 해본 적은 있나?』

이번엔 조심스럽게 묻는다.

『하면 할 수야 있지. 귀찮아서 안 할 뿐』

『빨래는?』

『놀리지 마. 난, 어느 쪽이냐면, 깔끔한 걸 좋아하는 쪽이야』

『깔…… 뭐?』

다지마는 멍하니, 황량하고 악취가 나는 방을 둘러본다.

『이 방은, 원래부터 지저분해서, 손을 댈 수가 없다구. 게다가 내 장사도 장사인지라, 아무래도 방이 너저분해. 벽장 안을 보여줄까?』

일어서서 벽장을, 스윽, 열어 보인다.

다지마, 눈이 휘둥그레진다.

청결, 질서정연, 금색 빛을 발하며, 그윽한 향기가 감돌 정도. 서랍장, 화장대, 트렁크, 신발장 위에는 아담한 구두가 세 켤레, 다시 말해 그 벽장이야말로, 까마귀 신데렐라 공주의, 비밀 분장실인 것이다.

곧바로, 탁, 벽장문을 닫고, 기누코는, 다지마에게서 조금 물러나 철퍼덕 앉으며,

『멋 내는 건, 일주일에 한 번이면 충분해. 별로 남자들한테 잘 보일 생각도 없고, 평소에 입는 옷은, 이 정도가 딱 좋아』

『하지만, 그 몸뻬는, 심한 거 아닌가? 비위생적이야』

『왜?』

『냄새 나』

『고상한 척하지 마. 그쪽도 만날 술 냄새 풍기면서. 고약한 냄새』

『냄새 나는 사이』라는 거군』

취기가 오르자, 황량한 방 꼬락서니도, 기누코의 거지 같은 꼬락서니도, 그다지 신경이 쓰이지 않게 되어, 어디 한번, 애당초 세웠던 계획을 실행해볼까 하는 나쁜 마음이 불끈불끈 솟구친다。

『싸울 정도로 깊은 사이』라는 거지』

하면서 또, 어설픈 개수작。하지만 남자는, 이런 경우, 설령 큰 인물, 대단한 학자라 해도, 저 같은 얼빠진 수작으로 뜻밖의 성공을 거두곤 한다。

괴력(4)

『피아노 소리가 들리는데』

다지마、드디어 발동을 건다。눈을 지그시 감고、멀리 라디오 소리에 귀를 기울인다。

『그쪽이 음악을 알아? 음치 같은 얼굴인데』

『바보、내 음악에 대한 지식을 몰라서 그래、넌。명곡이라면 하루 종일 듣고 싶다구』

『저 곡은、뭔데?』

『쇼팽』

엉터리。

『우와、난 사자춤 음악인줄 알았지』

음치끼리 잘들 논다。아무래도 분위기가 나지 않아서、다지마는 재빨리 화제를 바꾼다。

『그런데 너도 누군가하고 연애를 해봤을 거 아니야』

『바보 같이。난 그쪽처럼 음란하지 않아』

『말 좀 가려서 하는 게 어때。품위 없게』

갑자기 불쾌해져、위스키를 벌컥벌컥 들이켠다。이래선、날 샌 걸지도 모르겠다。하지만、이대로 후퇴한다면、바람둥이 체면이 말이 아니다。어떻게 해서든、끈질기게 버텨서 성공해야만 한다。

『연애와 음란은、근본적으로 다른 거야。너는 아무것도 모르는 것 같은데。가르쳐줄까?』

자기가 말하고、자기가 그 징그러운 말투에 소름이 돋는다。이거、안 되겠다。약간 시간이 이르지만、취한 척하고 자버려야겠다。

『아아、취했다。빈속에 마셨더니、완전 취했어。잠깐 여기에 좀 눕자』

『안 돼!』

까마귀 소리가 사나운 소리로 바뀌었다。

『내가 바본 줄 알아! 훤히 다 보인다구。자고 가고 싶으면、오십만、아니 백만엔 내놔』

전부、텄다。

『야、그렇게 화낼 거 없잖아。취해서 그래。여기서 잠깐……』

『안 돼! 안 돼! 돌아가!』

기누코는 일어나 문을 열어젖힌다。

다지마는 쩔쩔매며、가장 꼴사납고 졸렬한 수단、일어서서 갑자기 기누코를 끌어안으려 한다。

퍽! 주먹으로 뺨을 얻어맞고、다지마는、갸、하고 심히 기괴한 비명을 지른다。

그 순간、다지마는、쌀 한 가마를 너끈히 짊어지는 기누코의 괴력이 떠올라、소름이 돋는다。

『용서해줘、도둑이야!』

영문도 모를 소리를 지르며、 맨발로 복도로 뛰쳐나간다。

기누코는 차분하게 문을 닫는다。

잠시 후、 문밖에서、

『저기이、 내 구두 조옴、 그리고 미안한데에…… 끈 같은 게 있으면、 빌려줘어。 안경다리가 부러져서어』

바람둥이 역사상 일찍이 없었던 대굴욕에 창자가 뒤틀리는 것 같다。 다지마는 기누코가 은혜를 베풀어 내준 빨간 테이프로、 안경을 고치고、 빨간 테이프를 양쪽 귀에 건다。

『고마우이』

자포자기한 듯 외치면서、 계단을 내려가다가、 도중에、 발을 헛디뎌、 또、 갸、 하고 비명을 지른다。

냉전(1)

다지마는、 그러나、 나가이 기누코에게 투자한 자본이、 아까워서 견딜 수가 없다。 이런、 수지 안 맞는 장사는 해본 적이 없다。 어떻게든 해서、 기누코를 이용하고 활용해서、 본전을 뽑지 못하면、 말이 안 된다。 하지만、 그 괴력、 그 식탐、 그 욕심!

날이 풀리고、 온갖 꽃들이 피기 시작했지만、 다지마 홀로、 몹시 우울。 그 대실패의 밤으로부터、 네댓새 후、 안경도 새로 맞추고、 볼의 붓기도 빠지고 나서、 다지마는、 어쨌든 기누코의 아파트로 전화를 했다。 한번 감정에 호소해보자고 생각한 것이다。

『여보세요。나 다지만데, 요전에는, 술이 너무 많이 취해서, 아하하하』

『여자가 혼자 살다보면, 별의별 일이 다 생긴다구。난 신경 안 써』

『아니, 나도 그날 이후로 여러 가지를 깊이 생각해봤는데, 결국, 말이지, 내가 여자들하고 헤어진 다음, 작은 집을 장만하고, 시골에 있는 처자식을 불러들여서, 행복한 가정을 꾸린다, 이건데, 이게 도덕적으로 나쁜 건 아니잖아?』

『그쪽이 하는 말, 왠지, 이유는 잘 모르겠지만, 남자는 다, 돈 좀 모았다 싶으면, 그런 쩨쩨한 생각을 하게 되나보네』

『그게, 그러니까 나쁜 거냐구』

『훌륭한 일이잖아。아무래도 돈깨나 모았나봐?』

『돈 얘기만 하지 말고…… 도덕적으로 말이지, 그러니까, 감정적으로 말이야, 그런 문제에 말이지, 넌 어떻게 생각하는데?』

『아무 생각도 안 해。그쪽 일 따위』

『그야、뭐、물론 그렇겠지만、난 말이야、이건 말이지、좋은 일이라고 생각해』

『그럼 그걸로 된 거 아니야? 전화 끊을게。이런 쓸데없는 말은 하기 싫어』

『하지만、나한텐、정말 죽느냐 사느냐 하는 큰 문제라구。난、도덕은、그래도 소중히 여겨야 한다、이렇게 생각해。살려주쇼、날 좀 살려주쇼。난、좋은 일을 하고 싶다구』

『이상한데。또 취한 척하면서 허튼 짓 하려는 거겠지。그건 사양하겠어』

『놀리지 말라구。사람에겐 모두、착한 일을 하려는 본능이 있어』

『전화 끊어도 괜찮지? 아까부터、오줌 마려워서、발을 동동 구르고 있는데』

『잠깐 기다려봐。잠깐만。하루에 삼천 엔、어때?』

감정에서 갑자기 돈 이야기로 바뀐다。

『음식도 포함인가?』

『아니、 그건 좀 봐줘。 나도 요즘 수입이 많이 줄어서 말이야』

『한 장(만 엔을 말함) 아니면 안 해』

『그럼、 오천 엔。 그렇게 해줘。 이건、 도덕의 문제니까』

『오줌 마렵다구。 이제 그만 해』

『오천 엔、 부탁해』

『바보야、 그쪽은』

키득키득 웃는 소리가 들린다。 알겠다는 분위기다。

냉전(2)

이렇게 되면、아무튼、기누코를 최대한 이용하고 활용해서、하루 오천 엔을 주는 것 외에는、빵 한 조각、물 한 잔도 대접하지 않고、마음껏 혹독하게 부려먹지 않으면、손해。온정은 절대 금물、그건 곧 자신의 파멸。

기누코에게 얻어맞고、갸、하고 기묘한 비명을 질렀던 다지마지만、그러나、기누코의 그 괴력을 역이용하는 술수를 찾아냈다。

다지마의 애인들 중에、미즈하라(水原) 게이코(ケイ子)라는、아직 서른이 안 된、그다지 실력이 없는 서양화가가 있다。덴엔초후(田園調布)에 있는 아파트에 방 두 칸을 얻어、하나는 방으로、하나는 아틀리에로 쓰고 있는데、다지마는、미즈하라가 어느 화가의 소개장을

들고 「오벨리스크」에 찾아와 삽화든 뭐든 그리게 해달라며 얼굴을 붉힌 채, 쭈뼛거리며 부탁하는 게 귀여워, 조금씩 생계를 도와주기로 했던 것이다. 언행이 온화하고, 말수도 적고, 그리고, 지독한 울보였다. 하지만 미친 개 짖듯 상스럽게 우는 일은 결코 없다. 소녀처럼 사랑스럽게 우는지라, 아주 보기 싫은 건 아니다.

하지만, 딱 하나, 심각한 난점이 있다. 그녀에게는, 오빠가 있다. 오랫동안 만주에서 군대 생활을 했고, 어렸을 때부터 난폭자에, 기골도 꽤나 장대한 거구인 듯한데, 처음 그 이야기를 게이코에게 들었을 때는, 실로, 불쾌한 기분이 들었다. 이렇게 애인의 오빠가 중사니 하사니 하는 것은, 그 옛날 파우스트 시절부터, 바람둥이 남자에겐 매우 불길한 징조. 그 오빠가, 최근, 시베리아 쪽에서 철수하여, 게이코 집에 눌러앉은 것 같다.

다지마는, 그 오빠와 얼굴을 마주하는 것이 꺼림칙해서, 게이코를 어딘가로 불러내려고, 그 아파트에 전화를 걸었는데, 세상에,

『저는, 케이코 오라비 됩니다만』

하는, 너무나도 힘이 센 것만 같은 남자의 굵은 목소리. 과연, 있었던 것이었다.

『잡지사 사람인데요, 미조하라 선생님과, 잠시 뵙고 상담드릴 일이……』

말끝이 흔들린다.

『안 됩니다. 감기에 걸려 누워 있습니다. 당분간 안 됩니다』

운이 나쁘다. 케이코를 불러내는 건, 일단 불가능할 것 같다.

하지만, 오빠가 무서워, 언제까지고 이별을 미루는 건, 케이코에게도 못할 짓이다. 또, 케이코가 감기로 누워 있는데, 맘이로 군대에서 돌아온 오빠까지 있었다면, 노는, 분명 공할 것이다. 오히려, 지금이, 기회일지도 모른다. 환자에게 상냥한 문안 인사를 건네고, 그리고 돈을 살짝 내민다. 군인 오빠도 설마 때리기야 하겠는가. 어쩌면, 케이코 이상으로, 감격하여 악수를 청할지도 모르는 일. 만일, 난폭하게 굴 것 같으면……, 그때야말로, 괴력의 소유자 나가이 기누코 뒤로 숨이면 끝。

이것이 바로 백 퍼센트 이용、활용!

『괜찮겠어? 아마 괜찮을 테지만、거기 난폭한 사내놈이 하나 있는데、만약 그 녀석이 팔을 치켜들면 말이야、넌 가볍게、이렇게、붙잡아줘。하긴、약한 녀석 같긴 해』

다지마는、그전보다 훨씬、기누코에게 공손한 말투를 쓰고 있었다。

(미완)

주석

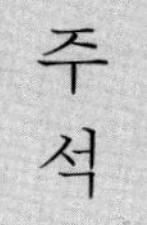

(1) 목욕을 한 뒤 또는 여름철에 입는 무명 홑옷。

(2) 오바 요조。 주인공의 이름。

(3) 학생들의 군사 교육을 목적으로 각 학교에 배치된 장교。

(4) 찰리 채플린、 버스터 키튼과 함께 삼대 무성영화 배우로 꼽히는 미국 희극 배우。

(5) 일본 소설가 나쓰메 소세키。

(6) 일본 전통 무늬가 있는 공예용 색종이。 본서 맨 첫 페이지의 종이 참고。

(7) 도쿄 시부야에 있는 신사。 왕을 기리는 신사를 신궁이라 한다。

(8) 가마쿠라 시대 말기의 무장 구스노키 마사시게의 기마 동상。

(9) 주군의 복수를 하고 사형을 당한 무사 47인의 무덤。

(10) 당시 신문물인 전기는 고급、 최신 등의 의미로 쓰였음。

(11) Reading Society. 좌익 성향 독서회의 총칭。

(12) へへののもへじ。 글자로 바보 얼굴을 표현하는 낙서。 하단 그림 참고。

(13) 불면증、 신경쇠약 따위를 치료하는 데 쓰이는 약。

(14) 동반자살을 시도했던 실존 인물 다나베 시메코로 생각됨。

(15) 일본의 전통 시 하이쿠의 한 구절.

(16) 탁자 아래 난로를 놓고 이불을 덮어씌운 일본식 난방기.

(17) 고흐가 즐겨 마셨다고 하는 쑥을 원료로 만든 독주.

(18) 실업자 아버지가 직업을 얻기 위해 고생하는 내용의 만화.

(19) Guy Charles Cros(1842~1888). 프랑스의 시인.

(20) 情死(조시 : 동반자살), 生きた(이키타 : 살았다)를 응용한 작명.

(21) 페르시아의 시인 오마르 하이얌이 지은 4행시집.

(22) 메이지 시대 감성적 시를 지향한 모임 〈별과 제비꽃〉을 빗댄 표현.

(23) 달에 구름, 꽃에 바람. 좋은 일에는 장애도 많음을 비유한 속담. 호사다마.

(24) 러일전쟁 당시의 군가.

(25) 동요의 한 구절.

(26) 소화제의 한 종류.

(27) 주석 (12) 참고.

(28) 1932년 경.

昭和二十三年七月二十日印刷
昭和二十三年七月二十五日発行

人間失格
定価一〇〇〇〇円

著者　太宰治
発行者　金東槿
仁川広域市南区九月路
印刷者　現文印刷
京畿道高陽市一山東区

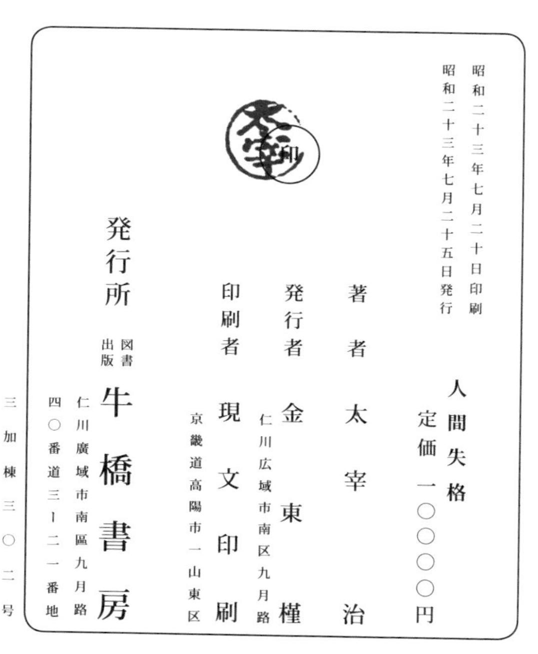

発行所　図書出版　牛橋書房
仁川廣域市南區九月路
四〇番道三ー二一番地
三加棟三〇二号

1948년 초판본 오리지널 디자인

인간실격 (한국어판)

1판 8쇄 2023년 4월 19일

지 은 이 다자이 오사무
옮 긴 이 김동근
발 행 인 김동근
발 행 처 소와다리
주 소 인천광역시 남구 구월로 40번길 6-21번지 3가동 302호
대표전화 0505-719-7787
팩시밀리 0505-719-7788
출판등록 제2011-000015호(2011년 8월 3일)
이 메 일 sowadari@naver.com

※잘못 만들어진 책은 구입하신 서점을 통해 바꾸어드립니다.

ISBN 978-89-98046-51-4 (04830)